Kushima & Masato
「疵物の戀」

疵物の戀

沙野風結子

キャラ文庫

この作品はフィクションです。
実在の人物・団体・事件などにはいっさい関係ありません。

目次

疵物の戀

口絵・本文イラスト／みずかねりょう

疵物の戀

ひたりと、銃口が自分へと向けられた。

その向こうには黒い眸《ひとみ》がある。瞼《まぶた》の重なりが深い奥二重の、考えを見透かすことのできない眸だ。

泣きぼくろのある左目尻が照準を定めて眇《すが》められる。

銃口よりもその眸に狙われていることに、真智《まさと》の身体《からだ》は奥底から震えた。冷たさと熱さの入り混じった震えだ。その震えが喉に溜《た》まって、窒息しそうになる。

この男に、いまと同じように銃口を向けられたことがあった。

十三年前のことだ。

あの時、二重窓の外では雪が鋭い斜線を描きながら風に吹き飛ばされていた。それを背にして、詰襟の制服姿のこの男は自分に銃口を向けたのだ。

自分は十六歳の無力で愚かな子供だった。

彼のすべてに憧れ、彼を見殺しにして、彼に憎悪された。

だから血肉を捧《ささ》げて罪を購《あがな》えるというのならば銃弾でも受け容《い》れるつもりでいたのだが――

彼は命じた。

「服を脱げ」

その過去の命令とまったく同じものが、いま確かに耳に響いていた。

彼を諦めるために費やした時間も労力もなかったことにされて、ずるずると過去へと引き戻されそうになる。

それに懸命に抗《あらが》いながら、真智は喪服のようなダークスーツをまとった男と対峙《たいじ》していた。

1

かすかな機械の駆動音とキーボードを打つ音が、白い実験室を浸している。

そこにふいに、エラー音にも似たものが響いた。チームリーダーの岡本《おかもと》がみずから受話器を上げて応対する。

「はい――ええ。わかりました。うちの者たちを連れて、すぐに一階ロビーに行きます」

彼は電話を切ると、白髪三割の頭を悩ましげに横に揺らした。かなり痩身であるため羽織っている研究衣の肩のあたりがダブついている。眼鏡をかけたはんなりとした顔立ちと相まって、いささか頼りない印象を見る者に与える。

「いったん実験を中止する。呼び出しがかかった」

三浦《みうら》真智はパソコンを操作して実験中止の手続きをしながら岡本に尋ねた。

「例の件ですか？」

「ああ。いよいよ今日からだそうだ」

同僚の野村祐平《のむらゆうへい》が、真智の横にキャスターチェアを寄せてきて、すっきりした顔を曇らせる。

「厄介なことになったよなぁ」

真智はその研究衣の背をポンと叩《たた》き、おどけたふうに返した。

「それだけ俺たちの研究がいい線行ってるってことさ」

「……いやでも、俺たちが開発してるの、ただの介護用器具だからな」

お年寄りや身体の不自由な方たちに寄り添う、人材から最先端機器までお任せあれの総合介護専門企業。そのヒューマンサイド社の東京《とうきょう》本社研究部門に、真智は所属している。

だから本来なら、こんなトラブルからはもっとも遠いところにいるはずだったのだが——、ふいに研究室の一角から「ぎゃあッ」と悲鳴があがった。

そちらを見ると、研究チームの紅一点、桜紀子《さくらのりこ》が黒縁眼鏡越しにこちらを睨《にら》んでいた。

「ちょっとー、データが止まったじゃないよ。なにしてくれてんの」

ボリューム調整の利いていない声で喚《わめ》く桜に、真智は自分の耳を指差すジェスチャーを送った。すると桜が思い出したように耳栓を抜いた。彼女は仕事に集中するとき、よく耳栓を使うのだ。

「例の件で、いまから話があるそうです」

桜が「ブーッブーッブーッ」と尖《とが》らせた口から音を出す。

「ブーイングしても無駄ですよ」

にっこりしながら返すと、桜がじっとりと目を眇めた。

「三浦が可愛《かわい》いのはホント顔だけだよね。これ、褒めてないから」

「はいはい。ほら、桜さんも行きましょう」

舌打ちしつつ桜が椅子から腰を上げる。そうして真智たちの横を通り過ぎながら「王子ぶりっ子」とぼそりと呟《つぶや》いた。桜のボキャブラリーはいつものことながら独特だ。

野村が腕組みしながら感心する。

「ディスりながらも三浦の言うことは聞くんだもんな。やっぱり、お前には一目置いてるんだな。さすがはうちの裏リーダー」

「なんだよ、裏リーダーって」

廊下に出てエレベーターホールに向かうと、野村が肩に腕を回してきた。

「うちのチームがここまでの功績を挙げられたのは、三浦のお蔭《かげ》って話だ。どこまでもお供します、王子様ぁ」

塩顔をキラキラさせてみせる野村に、真智は呆《あき》れ笑いを誘われる。

野村は学生ノリで、一緒にいると気持ちがほぐれる。彼は二年前にヘッドハンティングされて来たのだが、同じ二十九歳ということもあり、すぐに打ち解けて友人枠になった。

「三浦くん、野村くん、早くおいで」

廊下の先から岡本のまったりした声に呼ばれた。見れば、エレベーターの箱のなかで桜がパネルを連打している。閉まろうとするドアを岡本が手で押さえていた。

野村と二人三脚状態で箱に駆けこむと、桜が顔全体で不満を表明した。小柄な彼女は身なりを整えればかなり可愛らしい仕上がりになるだろうに、髪をぞんざいに後ろでひとつに束ねて、すっぴんに実用重視の眼鏡をかけている。

チーム四人が揃《そろ》い、岡本がドアから手を外した。

一階へと箱が着く。開いていくドアからフェイクグリーンをふんだんにあしらった明るいロビーが現れる。

そのロビーの一角へと、真智の視線は引っ張られた。そこから異様な圧迫感が漂っていたのだ。

長軀《ちょうく》をダークスーツに包んだ五人が、こちらに背を向けるかたちで立っていた。

彼らに応対しているヒューマンサイド社の副社長と重役は、遠目からでもわかるほど顔を強《こわ》張《ば》らせている。

野村が大きな溜め息をつく。

「あんなのと関わり合いになりたくないよなぁ、三浦……三浦?」

真智はアッシュグレーの眸を固めて、立ちすくんでいた。眸と同色のやわらかい癖毛の下で、眉が歪《ゆが》んでいく。

ひとりの男の後ろ姿に視線を釘付《くぎづ》けにされていた。

ダークスーツがくっきりと伝えてくる肉体の輪郭。その鮮烈な背筋のラインに見覚えがあったのだ。

　――……そんなわけがない。

「彼」がふたたび自分の前に現れるなど、故意であろうと偶然であろうと、確率はあまりに低い。

「三浦、どうしたんだ？」

　顔の前で野村に手をひらひらと振られて、真智は我に返って歩きだした。

　こんなところで唐突に再会するわけがない。改めてそう自分に言い聞かせながらも、真智の視線は五人のうちの、左端に立つ男に縛りつけられていた。彼らに近づいていくにつれて、見える角度が変わっていく。男の左斜め後ろからの顔が見えた。耳から顎への引き締まったライン、しっかりとした首筋。力強くて端整な骨格をしている。

　高く隆起した鼻が見えて、目許《めもと》が視界にはいる。

　ほくろが、あった。

「…………」

　真智は周りの仲間たちに合わせて自動的に足を進め、副社長たちの横に立った。

　ダークスーツのなかで最年長らしい四十代なかばの男が、蛇のような目を真智たちに向けた。

「私たちは警視庁所属のＳＰです。すでに話は行っているでしょうが、あなた方のチームの研究内容が、中国の機関から軍事目的で狙われています。彼らは研究内容の情報収集および開発チーム研究員の拉致を企図しています」

説明の言葉が音の羅列にしか聞こえない。

真智は瞬きも忘れて、泣きぼくろのある男を凝視していた。

整えられた黒髪に、堅く厳しい印象の目鼻立ち。そのなかで左目尻の下に打たれたほくろは、まるで唯一の瑕疵《かし》のようだ。

心身ともに整然とした男のなかの、唯一の甘い乱れ。

「チームリーダーの岡本さんには二名のSP、女性の桜さんには同性のSPをつけます。三浦さんと野村さんにも各一名で、二十四時間態勢で警護します」

泣きぼくろの男が、こちらを見た。

十三年ぶりに視線が重なる。しかし男は真智を見ても眉毛の一本も動かさなかった。その黒い眸からはなんの感情も透けて見えない。

——もしかして、俺のことがわからないのか…?

当時、真智は十六歳だった。いまは二十九歳だ。身長は百六十五センチから百七十七センチになり、それなりに年を重ねて、自分で思っているより大きく外見が変わったのかもしれない。

考えこんでいるうちに、男が真智の目の前に立った。名刺を差し出される。

「あなたの警護を担当する、玖島敬《くしまたかし》です」

とても懐かしくて——胸が痛くなる名前を、本人の口から告げられた。

真智は震える指で名刺を受け取ると、頭のなかが真っ白になったまま、ぎこちなく声を絞り出した。

「すみ、ません。名刺をもってきて、いなくて」

「かまいません」

一拍置いてから、玖島が続けた。

「三浦真智さん」

喉を冷たい手でぐっと絞め上げられたかのように、息が詰まる。

冷静に考えればわかったはずだ。SPとして来たのだから、警護対象者四名の資料には事前に目を通しているだろう。その時に当然、三浦真智という忌まわしい名前を認めたに違いなかった。

よりによって担当SPになったのは、偶然なのか、玖島自身が申し出たからなのか。いずれにしても、玖島のほうから避けなかったのは確かだ。

それは果たして、警護するためなのだろうか。あるいは――。

真智は怯《おび》えと悔恨の入り混じった目で見上げる。

かつて自分の「犬」だった男のことを。

＊

中学二年のとき、母が男を作って失踪した。彼女はロシア人とのハーフで、真智のアッシュグレーの目や髪の色、甘みのある顔立ちは、母親譲りだった。

裕福ではあるが酷《ひど》い家庭で、いつ壊れてもおかしくなかったのだけれども、母が家を出るときは自分のことも連れて行ってくれると信じていたから裏切られた絶望感は大きかった。

嫌悪感しか覚えない父のもとに置き去りにされて、真智は身体の芯がぐらぐらするような奇妙な体感に悩まされつづけた。朝から晩まで——ベッドに横になっているときすら、ゆっくり地面が揺れているような感じだ。胃が常にむかついていて、嘔吐《おうと》することもよくあった。

そんな時、クラスメートから北海道《ほっかいどう》の高校生が集まる剣道大会を観《み》に行かないかと誘われた。なんでも彼の兄が出るそうで、個人の部の優勝候補なのだという。

剣道に興味をもったことは一度もなかったが、どこにいても具合が悪いのは変わらないから、付き合うことにした。

そうして迎えた当日、真智はひとりの選手に目を奪われた。

その人の身体には清々《すがすが》しい軸が一本、通っているかのようだった。

厳しくて美しい背筋はまったくブレることなく、竹刀を強化された肉体の一部であるかのように操る。鮮烈な力強さと、しなやかな抑制とに鳥肌が立った。

そうして見惚《みと》れていて、ふと気がつくと、地面が揺れなくなっていた。

その人の清々しい軸が、自分のなかにも通ったかのようで……。

真智は慌ててその人が誰かを友達に訊《き》いた。

進学校に通う高校一年生で、玖島敬という名前だった。

真智はそれからすぐに中学の剣道部にはいり、同時に塾通いも始めた。運動神経も学力もせいぜい中の上といったところだったが、明確な目的意識をもって毎日を送り、ついに夢を叶《かな》えた。

玖島敬のいる高校に進学し、彼が主将を務める剣道部に入部したのだ。

それまでは試合会場で遠目から眺めることしかできなかった彼を、手を伸ばせば触れる距離から見られるようになった。もうそれだけで毎日、胸がいっぱいだった。そしてそれは傍から見ていても明らかだったのだろう。

「三浦は、敬のこと大好きすぎだろ」

やたら大きな体躯をした副主将の坂本《さかもと》はよく、玖島の前でそう言って真智のことをからかった。

そんな時、玖島はかすかに苦笑を浮かべていた。

真智にとって玖島は苦しみから救い出してくれた恩人だったが、玖島にとって真智はあまり剣道のセンスのない後輩のひとりに過ぎなかった。だから玖島のほうから話しかけてくれることも、特別に視線を向けてくれることもない。

それでも、真智が剣道についての質問をすれば、端的な言葉で目を見ながらアドバイスをくれる。

玖島敬という人は、剣道をするときと普段の姿勢が一致しているようだった。無駄なやり取りは好まず、しかしこちらが真剣ならば真摯に応えてくれる。それはいい加減な姿勢で行けば見透かされることを意味していて、真智は玖島に話しかけるとき、いつもたいそう緊張した。

しかし、そうしてともに過ごせる時間はあまり残されていなかった。

三年生は夏で引退してしまうからだ。一分一秒でも長く玖島と過ごしたい真智は、彼が七時からの朝練の前にひとりで走りこみをしているのを知り、それに同行させてもらうことにした。

土日も含めて毎朝、一緒に走った。紺地の道着と袴《はかま》のうえに負荷をかけるため面と小手以外の防具を着けて、裸足でアスファルトも土手も走る。

晴れた朝も曇った朝も、玖島の美しい背中を見詰めながら走るのは、幸せが凝縮したひときだった。どこまでもどこまでも、このまま走りつづけたいと毎朝のように願った。

そうして一緒に走るようになって一ヶ月近くがたった日のことだった。

その日は小雨が降っていたが、真智は張りきって朝練前のふたりきりの走りこみに臨んだ。

前夜の暴風雨のせいで土手の右横にある川は水嵩《みずかさ》を増し、黒く濁って流れを速めていた。横殴りの風に、ともすれば川へと突き落とされそうになる。危険がにじり寄ってくるような非日常感に真智はゾクゾクして、いつもより玖島に近づいて走った。今日だけはそれが許される気がした。

土手をなかばまで走り抜けたところで、真智は弾《はじ》かれたようによろけた。

急に右足の裏がカッと熱くなったのだ。

「え……あっ」

次に右足を地についたとき、身体が大きく傾《かし》いだ。さらに横風に体当たりされて、気がついたときには斜面を転がり落ちていた。

「三浦っ‼」

濁流へと落ちる寸前で玖島に手首を摑《つか》まれて、土手へと引きずり上げられた。

「先、輩——俺」

「足を見せてみろ」

尻餅《しりもち》をついた姿勢で右足首を摑まれて、足の裏を確かめられた。

「っ…、切れてるな」

おそらく昨夜の暴風で飛ばされてきたガラスかなにかの破片が道に落ちていたのだろう。かなりざっくりと切れたようだ。足の裏が熱くて——しかしそれよりも顔が焼けつくように熱かった。

足首から玖島の手指の感触が身体中へと拡《ひろ》がっていく。見詰められている傷口に、たまらない疼《うず》きを覚える。

玖島が俯《うつむ》いたまま、上目遣いに真智を見た。

雨に濡《ぬ》れた前髪の下、黒い眸はこれまでにない熱量を帯びている。じっと見詰められて、頭の芯が痺《しび》れる。

「三浦……」

いつもと違う、わずかに掠《かす》れた低い声で。

「悪かったな」

真智は首を横に何度も振る。

「ち、違います…っ、悪いのは俺ですからっ。俺が勝手に先輩についていって、勝手に落ちただけです！」

玖島は唇を噛《か》むと、地に膝をついたまま真智に背を向けた。

「乗れ」

負ぶってくれるつもりらしい。

「いえ、大丈夫です。歩けますから」

おろおろして立ち上がろうとすると、玖島に手首を摑まれた。真剣なまなざしで顔を覗《のぞ》きこまれる。

「その足で歩かせられない」

「……」

力がはいらなくなって、引き寄せられるままに玖島の背に身を預けた。腿《もも》の裏側を強い手で支えられ、身体がふわりと浮き上がる。

「――すみません」

消えいりそうな声で謝ると、玖島が後悔を滲《にじ》ませて言った。

「俺がきちんと気を配らなかったせいだ」

自分のせいで、先輩は自身を責めているのだ。本当に申し訳なくて、情けない。鼻を啜《すす》りあげると、横目で見詰められた。

「痛むのか？」

違いますと言いたかったけれども、声帯が強張って声が出ない。

あり得ないほど近くに、黒い眸がある。胴胸の下で心臓がドクンと大きく弾み、それから雪崩れを打ったようにドクドクしだす。

防具が妨げになって心音が玖島に伝わっていないことを、真智はいたたまれない気持ちで願った。

願いながら、前を向いて足早に歩く玖島の顔へとおそるおそる視線を彷徨《さまよ》わせた。その横顔は厳しく整っていて――それなのに、一点の曇りのような甘さが漂っている。

きっと、左目尻の下にある泣きぼくろのせいだ。

そのほくろを見ているうちに、いつのまにかドクドクする拍動が身体中に拡がっていた。

玖島に憧れる気持ちのなかに、なにか得体の知れない不純物が混じってしまったのを、真智は感じた。

足の裏の傷はかなり深く、しばらく部活を休まなくてはならなくなった。しかし完全に治っても、玖島の朝の自主練の走りこみに同行するのはもうやめようと決めていた。

二度とあんな迷惑をかけたくなかったし、なによりも自分のなかに芽生えた不純なものが大きくなるのが怖かったのだ。

同じ部に所属して、玖島のことを眺められたらそれで充分だ。部活動に参加できないものの、真智は毎日体育館に足を運んで、少し遠くからその姿を眺めつづけた。

しかし以前とは違っていた。

ふとした瞬間、玖島の目は真智へと向けられ、そのまま見詰めてくるのだ。わざわざ真智のところに来て声をかけてくれることもある。

そうされると、真智はいたたまれないような心地になる。嬉《うれ》しいけれども、逃げ出したくなる。隠しておきたい部分まで、玖島に見透かされてしまいそうで。

玖島は繰り返し、怪我《けが》をさせてしまったことを真智の親に謝りたいと申し出てくれたけれども、その度に真智は「父さんは忙しくて時間が取れないから」と必死で断った。父親と玖島を、絶対に会わせたくなかった。

五月下旬のある日、玖島が部活に姿を現さなかった。玖島のクラスメートでもある副主将によれば、学校自体を病欠しているのだという。そして次の日も、そのまた次の日も、玖島は登校しなかった。

病欠以外の情報はなく、真智は意を決して玖島の家を訪ねてみることにした。その頃には足の怪我もよくなっていた。

玖島の父親が建築設計士だという話を聞いたことはあったが、おそらく自宅も父親自身が設計したのだろう。和風ベースのすっきりと洗練された佇《たたず》まいで、門の周辺に地植えされた草花は手入れが行き届いていて、そこに住む家族の品性が自然と伝わってきた。

しばらく門の前をうろうろしてから、勇気を振り絞ってインターホンを押した。しかし反応はなく、誰もいないようだった。そのまましばらく待ってみたが、夕暮れのなかに家が沈みだす。

「先輩……まさか入院とかしてるのかな」

膨らむ心配をかかえて、真智はとぼとぼと自宅に帰った。

そして改めて我が家の外観を見て、情けなくなる。圧迫感のある門構えとゴテゴテしたフォルムの三階建て家屋が、いかにも成金といった感じで下品だ。そして実際、この家の主《あるじ》はとても性質の悪い人種だった。

「ただいま」

ぼそりと言いながら靴を脱いでそのまま二階の自室に上がろうとすると、リビングから父の横柄な声が響いた。

「真智か。話がある。来い」

父の毒気に当てられたくないが、無視することはできない。

仕事柄、父は地域の人びとの弱みを多く握っており、地元の議員や校長にまで顔が利く。それに逆らえば、息子であろうともこの狭い地域で暮らすのは困難になる。だから母も離婚という正式な手続きを踏むことなく、姿を消すかたちで逃げたのだろう。中学生のころはよくわからなかったことが、いまは理解できるようになっていた。

真智は上がりかけた階段を下りて、リビングへとはいった。

「なんですか？　話って……――」

父は毛皮の敷かれた白い革張りソファにふんぞり返って座っていた。

そしてその向かいのソファに、詰襟の学生服を着た人が腰掛けていた。

いまさっき、自分が訪ねていった相手が。

「先、輩……どうして」

玖島がどうして自分の家にいるのか。

父が煙草《タバコ》のフィルターをねちねち噛みながら訊いてきた。

「なんだ？　こいつのことを知ってんのか？　ああ、そういや同じ高校か」

停止しかけていた思考がようやく回りだして――真智は身を震わせた。憧れの人に、下品な家と父親を晒《さら》してしまったのだ。きっと軽蔑されたに違いない。

ショックを受けている真智に、父が投げつけるように言った。

「こいつは今日から、お前の奴隷だ」

言葉の意味がまったく理解できない。

「ど、れい？」

「要するに、犬だ。犬」

この男は――闇金融業を営む下劣な男は、いったいなにを言っているのだろう。無反応な息子にイラついたように、父は大きく舌打ちすると、玖島に命じた。

「お前、服を脱げ。今日からお前の主人は、ここにいる俺の息子だ。素っ裸で足許に跪《ひざまず》け」

父は壊れている。

いったいなんの権利があって、こんなことを命じているのか。

憤りと混乱に真智の身体はわななく。

――先輩が従うわけない。絶対に、あり得ない。

玖島がソファから立ち上がる。

軸の通った身体でまっすぐ歩いてきて、真智から三歩の距離で立ち止まった。

その長い指が制服の詰襟に触れ、フックが外される。機械的な動きでボタンを外す手の甲には、腱《けん》がきつく浮き出ていた。上着が床に落ちる。カッターシャツの前が開かれていく。しなやかに鍛え抜かれた胸部、そして腹部が露《あら》わになった段階で、真智はようやく声を出すことができた。

「やめ……やめてくださいっ‼」

すると父がソファから嗤《わら》い声で言う。

「ああ、やめてもいいんだぞ。代わりに美人の姉ちゃんに借金のカタになってもらうだけだ」

「……借金の、カタ？」

「そいつのマヌケな親が連帯保証人になってな。姉ちゃんのほうを差し押さえようとしたら、こいつがなんでもするから俺にしてくれって土下座してなぁ。モノになりそうか、試しに連れてきた」

上半身裸になった玖島が、ベルトを外した。

ファスナーが下ろされ、グレーのボクサーブリーフが覗く。制服のスラックスから脚が抜かれる。靴下も脱ぐ。

下着一枚になった玖島の姿が目の前にある。

部室で着替えが一緒になることはあっても、直視したことはなかった。

その姿でまっすぐ見詰められて、真智は泣きたくなる。

自分の崇拝する人が、辱めを受けている。しかも自分の父親によって。そして自分はそれを止めることができない。父は息子の言葉に耳を傾けないし、玖島もまた真智が止めたところで迷惑なだけに違いない。彼は家族を守ろうとしているのだ。

だから真智は無力なまま、そこに立っているしかなかった。

「まだ一枚残ってんだろ」

下卑た声が部屋に響く。

玖島が下着に手をかけた。それが下ろされていく。

全裸になった玖島が、いつものように背筋を伸ばす。肩が美しく左右に拡がり、腹筋がきつく締まる。下腹部の叢《くさむら》と、そこから垂れる長い陰茎。その先端はなまめかしい質感だ。

見てはいけないと思うのに、真智は玖島の裸体から目を離せなくなっていた。耳の奥でドクドクと激しい音がする。

不純なものが分裂を繰り返して、爆発的に増殖していく。

「犬のくせにいつまで立ってる。跪いてワンだろうが」

玖島が膝を折り、真智の足許で正座をした。

感情の見えない黒い双眸《そうぼう》が見上げてくる。

そしてその唇から、犬を模した啼《な》き声が洩《も》れた。

2

液体で満たされたガラスケースのなかに、剝《む》き出しの脳がある。人間の脳だ。それには無数の神経ケーブルが装着されており、さまざまな色のランプがチカチカと点滅している。

人間の脳は水分を除くと、六〇パーセントは脂質、四〇パーセントはたんぱく質で構成されていて、豆腐のように脆《もろ》い。このケースに入れられているものは、実験用に生成された脳だった。

真智《まさと》は人工筋肉に繫《つな》がれているパソコンを操作した。

「右腕、上腕三頭筋から腕橈骨筋《わんとうこっきん》にかけて十秒、五十キロ相当の負荷をかけます」

脳の運動野に接続された神経ケーブルのランプが点灯したままになる。負荷をかける時間と量を変えながら、脳のデータを取っていく。

これは人工筋肉を完全に肉体の一部として脳に認識させる実験だ。

脊髄反射以外で人が身体の部位を動かすとき、それは脳からの信号を受けて反応している。人間の脳はもともとエリアごとに担当部位が割り振られているが、それは意外と柔軟で、新たな外部刺激に反応して合理的に組み替えられる。

真智の属するチームはそこに着眼し、逆に外部刺激を与えることで脳に「人工筋肉用のエリア」を構築する研究をしている。

これは力仕事が必要となる介護者を援助する器具として開発してきたものだが、脳梗塞などで脳の一部が命令信号を出せなくなった患者にも活用できることが明らかになり、一躍注目を浴びた。

自分たちの研究が有用であると認められたことに、真智たちは喜びと誇りを覚えた。

しかし福祉のために開発した技術も、すぐに世俗的なビジネスに目をつけられるものだ。

たとえば極端な話、脚に人工筋肉を装着することで、人間自身にバイクレベルの移動能力を備えられるようになる。百キロのものを抱えて時速八十キロで移動することも可能になるわけだ。それには骨にかかる負担の軽減など付随する研究も必要になるが、実現可能な範囲だ。

その程度のことは、真智たちにとっても想定の範囲内だった。

だが軍事利用については、具体的に危惧していなかった。近年はドローンをもちいた遠隔操作による爆撃が主力となり、各国空軍も現地の空を飛ばなくなっている。平和な町のコンテナボックスのなかから、シミュレーションゲームよろしく敵を撃破する。

介護用に開発された人体強化器具など、戦争の大局には影響ない人海戦術にしか使えないだろう。そのために血眼になる国はあるまい。そう考えていた。

それなのにいま、中国の機関から技術と研究員が狙われる事態に陥っている。泥臭い人造果たしてどういうかたちで、この技術を軍事利用しようとしているのだろうか。

殺戮《さつりく》人間でも作りたいのだろうか？


午後の実験を終えてヒューマンサイド社の社員食堂で夕食を取りながら、真智は項《うなじ》に重たさを感じていた。向かいの席に座る野村《のむら》に尋ねる。

「俺の背後に、ＳＰいるか？」

「え、ああ。うちのＳＰとお前のＳＰが並んで座ってこっち見てる。それにしても二十四時間態勢の警護ってなぁ。実験中以外はずっとべったりじゃ、もう犯罪者気分だよな」

野村が愚痴っているあいだも、項が重苦しくて、それが次第に息苦しさに繋がっていく。

「視線恐怖症が再発しそうだ」

呟くと、野村が目をしばたたいてプッと吹き出した。

「視線恐怖って、理系外れしたコミュ力あるお前がか？」

「むしろ視線恐怖のせいで、理系に進んだからさ」

高校一年のとき、真智は父によって玖島敬《くしまたかし》を「犬」として与えられた。それからというもの、家でも頻繁に黒い眸に見詰められるようになった。まだ恨んでいるとか蔑んでいるとか、なんらかの感情が伝わってくるのであれば、気持ちの整理もできたかもしれない。

しかし玖島の視線は食い入るように、ただただ重い圧力をかけてくるばかりだった。

自分のなかの「不純」を見透かされているみたいで、とても怖かった。

そうして気づいたときにはすべての人の視線が玖島のもののように感じられるようになってしまっていた。高校のころは症状が酷くて、ひたすら人目を避けて勉強に逃げこんだ。もう自分は普通のサラリーマンになる人生は送れないのだと感じた。それで思いついたのが、得意な理系分野に進んで研究者になることだった。

偏見半分だが、研究者というのは人が苦手でも務まるイメージがあったのだ。

それは父と縁を切るのにも、ベストの選択だった。

真智は北海道を離れて、東京の大学に進むことにした。ヒューマンサイド社の奨学金システムが生活費込みの給付型だったため、それを利用した。

面白いもので、大学で実験三昧の生活を送るうちに、いつの間にか人の視線が気にならなくなっていた。真智は生来の明るさと人懐っこさを取り戻し、コミュニケーションに難がある人間が多い理系畑で重宝された。

玖島のことは癒えない傷となっていたが、この数年でようやく諦めるしかないと思えるようになってきていた。

その傷がいま、ともすれば、ぱっくりと口を開けようとする。

「そういえばホテルもＳＰと同室なんだってな」

野村の言葉で我に返る。

「え、そんな話は聞いてない」

「朝にSPと引き合わされたとき、説明あっただろ」

玖島との再会に動転して、まともに説明を聞けていなかったのだ。

「自宅だと警護が難しくなるから、今夜から俺たちは指定されたホテルに宿泊。それぞれの担当SPと寝起きしろって」

冷たい汗が背筋を伝う。

――同室？　先輩と……？

人目がある状態ならまだしも、玖島とふたりきりになるのは絶対に避けたい。

夕食を終えてから、真智たちはふたたび研究室に戻り、実験の続きをした。採らなければならないデータはいくらでもある。なかば現実逃避で実験に没頭していたが、それはチームリーダーの岡本《おかもと》の声で妨げられた。

「二十一時だ。今日はここまでにしよう。しばらくホテル暮らしになるから必要なものを家から取ってくるように」

ほかの者たちが帰り支度を始めるなか、真智は「少し、データの整理をしたいので」と言いわけをしてひとり残った。

泊まりこみで実験することも茶飯事なので、研究室には寝袋がある。隣接する給湯室にはカップ麺《めん》が常備してあり、冷蔵庫もある。

担当SPを変更してもらうなどの有効な手を打てるまでは、ひとりのときは籠城を決めこむしかない。

そうせざるを得ないほど、玖島とは酷い別れ方をしたのだ。

研究室のドアの前にいるだろう玖島のことを忘れるために、真智はデータの整理と分析に取り組んだ。それでも気持ちがピリピリして、耳を常にそばだてている状態だった。

そうして零時を過ぎたころ、ついにドアがノックされた。

研究室にはSPでも緊急事態以外は立ち入ってはいけないことになっているし、ドアには虹彩認証のセキュリティがかかっている。だからこのまま無視を決めこむこともできたが、さすがにそれは気が咎《とが》めた。

だから真智は足音を忍ばせてドアまで行き、何度か深呼吸をしてから、わずかにドアを開けた。

玖島が目の前に立っていた。

そのネクタイの結び目を凝視しながら、真智は早口で告げる。

「俺は朝までデータの分析をします。この部屋からは出ないので、待機室で休んでいてください」

「ここに泊まるということですか？」

「そうです。泊まりこみはいつものことなので」

「それなら廊下で警護を続けます」

思わずネクタイの結び目から視線を跳ね上げてしまった。

「だから、ここはいいですから、休んでください」

視線が重なり——とたんに心臓がドクリと強く反応した。

「そういうわけにはいきません。三浦《みうら》さんを警護するのが私の仕事なので」

淡々とした事務的な口調だ。「三浦さん」と呼ばれることも「私」という一人称も、かつての先輩とは違っていて違和感がある。

——あくまで、仕事ってことか……。

かつての私情を挟まずに仕事に徹するというのならば、安堵《あんど》すべきことのはずだ。それなのに、気持ちが重たく沈む。

もしかすると、自分はなにかを期待しているのだろうか。

たとえ憎しみであったとしても、玖島がなまなましい感情を向けてくれることに。

……あの十三年前の別れのときのように。

真智は深く目を伏せた。

「とにかく俺は仕事に戻ります。それでは」

ドアを閉め、ふたたびパソコンの前に座る。

しかし気がつくと、ディスプレイにはスクリーンセーバーの幾何学模様が流れていた。慌てて仕事に戻るが、またしばらくすると幾何学模様が流れだす。それを繰り返しているうちに、いつの間にか午前三時になっていた。

給湯室のシンクで頭と顔を洗い、湯で搾ったタオルで身体を拭く。社内にはシャワールームもあるのだが、そこに行くには廊下を通らなければならず、玖島の護衛つきになってしまう。

床に寝袋を敷いて、潜りこむ。

シンとしたなかで横になると、よけいに廊下にいる男へと意識が向かっていく。

玖島はこの十三年間、どんな人生を歩んできたのだろう。

警視庁所属のSPになっているということは、自分の前から消えてすぐに東京に行き、警察官になったのだろうか。玖島ならばどこでどういうスタートを切ろうが、目をかけられて抜擢《ばってき》されるに違いない。警視庁でも彼の有能さは認められたのだろう。

酷い別れ方をした相手だけれども、そのことに真智は嬉しさを覚える。自分がひと目で惹《ひ》きつけられ、憧れた人は、やはり絶対値で素晴らしかったのだ。

……嬉しさとともに心臓がギシリと軋《きし》んで、寝袋のなかで身をきつくよじる。

その人に自分は憎まれ、銃口を向けられたのだ。

＊

真智は鼻を啜りながらベッドから起き上がった。泣いたせいで目許が腫れぼったい。

「先輩……」

数時間前、悪夢のようなことが起こった。

父の命令で、敬愛する玖島先輩が全裸で跪かされ、犬の鳴きまねをさせられたのだ。

先輩はどれほど深く傷ついただろう。

「最悪、だ」

最悪なのはしかし、父が玖島先輩に辱めを与えたことだけではなかった。

先輩の惨めな姿を前にしたとき、自分のなかでどろりとした不純物が大量に湧き上がってきたのだ。

――……謝りたい。

父のことも自分のことも、謝って許されるようなことではないとわかっている。それでもどうしても謝りたくて、真智はベッドを降りると、音をたてないようにドアを開けて廊下に出た。そして隣の部屋の前に立つ。今日から玖島はここで寝起きするのだ。

きつく握った拳でドアをノックしようとするけれども、しかしどうしても拳がドアにつかない。まるで同極の磁石ででもあるかのような抵抗力が生じて、拳が逃げてしまう。

廊下を何往復かしてからふたたび試してみるが、やはりノックすることができなかった。

そうして三十分ほども廊下を歩いてはノックを試みることを繰り返していたのだが——ふいに、ドアが開いた。

Tシャツにスウェットパンツ姿の玖島が、無言で見下ろしてくる。

「なにか、用か？」

すべての感情を消した声と表情だ。

「——」

謝ろうとするのに、ノックをできなかったのと同じように、今度はどうしても声を出せない。

そのままどれだけの時間がたったか。玖島がドアを閉めようとした。

真智は無言のまま、慌てて部屋に飛びこんだ。

玖島は真智を追い出すこともなかったが、言葉をかけることもなく、ベッドに腰掛けた。そうして、真智のことを見る。

床がぐらぐら揺れている。母に捨てられたときと同じ感覚だ。

——嫌だ……失いたくない。今度は絶対に、失いたくない。

それには、玖島に許してもらうしかない。

「あ…の」

なんとか掠れ声を絞り出すことができたが、そこで言葉が詰まった。

口先だけの謝罪に、どんな意味があるというのだろう。謝ったという自己満足は得られるかもしれないが、玖島の気持ちはまったく楽にはならないに違いない。

——どうすれば……。

追い詰められた真智は、奥歯を嚙み締めると、カッターシャツのボタンに手をやった。かじかんだようになっている指で、ぎこちなくボタンを外していく。上半身裸になり、ベルトを外す。

同じ羞恥を共有すれば、もしかしたら少しは玖島の気持ちを楽にできるのではないか。

下着も脱いで全裸で立ち尽くす。

部活の着替えのときに裸を晒すのとは、まったく違っていた。恥ずかしさといたたまれなさに、足元からざわざわと寒気が這《は》い昇ってきて、全身に鳥肌が立つ。

玖島のほうを見られなくて深く俯く。

耳鳴りがするほどの沈黙が続き、玖島が立ち上がった。下げている視線に、すらりとした長い脚がはいってくる。

玖島は床に散らばっている真智の衣類を下着まですべて拾うと、それを差し出してきた。

「三浦には関係のないことだ」

感情の籠もらない声音だ。目を上げると視線が合った。その眸もまた、艶消しをしたかのようで、感情が見られない。

けれども決して無感情でないのは、眸の圧から明らかだった。

内側に満ちているものを自分にぶつけてくれたら、どれだけいいだろう。それがたとえ憤りや軽蔑だったとしてもかまわない。そう願いながら見詰めるけれども、玖島は応えてはくれなかった。

衣類を受け取ると、真智は裸のまま廊下に出た。

床がぐらぐらして立っていられずに、その場でしゃがみこむ。

「先輩……先輩」

涙が溢《あふ》れた。


卒業式の日は、朝から吹雪《ふぶ》いていた。

式を終えた校内のいたるところで、後輩たちが先輩との別れを惜しんでいる。憧れの卒業生に制服のボタンをねだる女子の姿があちこちで見られた。

真智は三年生の教室が並ぶ廊下の片隅に立ち、女子に囲まれている玖島の姿を遠くから見ていた。

寡黙な剣道部元主将には多くの熱烈なファンがいたが、おいそれと人に告白させない雰囲気があった。だからこの最後の最後になって彼女たちは勇気を振り絞って玖島に話しかけているのだろう。

それに、玖島に他校の恋人がいるのは有名な話だった。剣道を通して知り合ったそうで、彼女も大会で上位に食いこむほどの腕前だ。

しかし真智は、その交際がすでに終わっていることを知っていた。

去年の六月に玖島の親が借金をかかえ、彼はそのカタとして貸金業をいとなむ真智の父に差し押さえられた。その頃、恋人にまで迷惑が及ばないようにと別れたらしい。

それに真智の「犬」になってからの玖島には、誰かと交際するような余暇はなかった。真智が父に懇願して、なんとか高校生活と夏までの部活とを続けられることになったものの、ほかのすべての時間を玖島は奴隷同然に過ごさなければならなかったのだ。

真智の家庭教師まで押しつけられたが、玖島はそれも淡々とこなした。それまで苦手だった理数系に面白さと興味を覚えるようになったのは、玖島の教え方がうまかったせいだった。

恋人とどうなっているのかは、その家庭教師をしてもらう時間にさりげなく訊いた。玖島が「もう別れた」と短く答えたとき、どうしようもなく嬉しくなってしまって、そんな自分をすごく嫌な奴《やつ》だと思った。

玖島の両親と姉はすでに北海道を離れていたが、それもおそらく玖島が強く望んだためだろう。

ひとりですべてを背負うことを決めた玖島は、どんな汚れ仕事を強いられようと心を殺して務める決意をしている様子で、なにひとつ抗うことはなかった。

真智の父はひとり息子に薄汚い家業を継がせ、玖島をその補佐役にしようと目論《もくろ》んでいた。

——そうなれば、俺はずっと先輩といられる。

玖島を助けたいという気持ちと同じほどの強さで、真智はその甘い誘惑に縛られてきた。

この九ヶ月で、自分は身勝手で醜い父親と同種の人間なのだと思い知らされた。だから母親は、自分を連れていかなかったのだろう。

そんな自分を玖島の眸に映されるのは、窒息しそうな苦しさだった。

……ふと、身に馴染《なじ》んだその息苦しさが起こった。

目を上げると案の定、女子に囲まれた玖島がこちらを見ていた。

視線から逃れるように、真智はすぐ横にある階段を上がりだした。階段の突き当たりには扉があって屋上に繋がっているのだが、施錠されていて出られないようになっている。

最上段に腰を下ろす。

それほど時間を空けずに、階段を上がってくる足音が聞こえてきた。

階段の踊り場に、折り返した玖島の姿が現れる。

その詰襟の制服にはすべてのボタンがついたままだった。なにひとつ失わずにここに来てくれたことに、真智は言い知れぬ悦《よろこ》びを感じる。

——先輩は、俺のものだ。

咄嗟《とっさ》にそう思ってしまうほど、自分のなかの不純は大きく育ってしまっていた。

美しい姿勢で踊り場に立つ玖島に、真智は声をかけた。

「先輩、卒業おめでとうございます」

「ああ。ありがとう」

しかし玖島の顔には晴れやかさなど微塵《みじん》もない。彼の前にあるのはこれからも続いていく不条理な人生だけなのだ。

真智はできるだけ明るい口調で言った。

「先輩に、卒業プレゼントがあるんです。これから別荘に連れて行ってもらえませんか？　そこで渡したいんです」

十八歳になってからすぐに玖島は免許を取った。高校を卒業したらすぐに闇金の従業員として酷使するために、真智の父が取らせたのだ。

「俺には命令すればいい」

プレゼントに対する期待感も、わざわざ別荘まで車を運転させられる面倒さも示さずに、玖島はそう答えた。

玖島にとってはもう、真智も真智の父親も変わりはないのだ。

――嫌だ……。

自分は確かに、父によく似た醜い人間だ。

それでも玖島にだけは、そう思われたくなかった。

だからどうしても、別荘でプレゼントを渡さなければならなかった。

ふたりで雪まみれになりながら自宅に戻り、真智はスクールバッグにプレゼントを入れて車の助手席に座った。

別荘に向けて出発する。

一ヶ月ほど前に父が玖島に運転手を命じてその別荘に行ったとき、真智は自分も行くとやはり助手席に乗りこんだ。父と出かけるのは虫唾《むしず》が走るほど嫌だったが、玖島を父とふたりきりにするのは心配だったのだ。

あの時の一泊旅行は、最悪で最高だった。

「三浦、着いた」

横から声をかけられて、真智は一ヶ月前の思い出から引き戻された。すでに車はガレージのなかに収まっていた。

「あ、ありがとうございました」

頭を下げると、玖島が怪訝《けげん》そうな顔をする。

「……あの、運転。先輩の運転、安心できるから、ついボーッとしちゃって」

しどろもどろに言うと、玖島が「いちいち俺に礼を言う必要はない」と無感情に言って運転席から外に出た。真智も慌てて車を降りて、別荘へとはいる。

この湖に面した別荘の窓からは、晴れた日には対岸の山が水面にくっきりと映る様子が見えるのだが、今日は雪に視界を塞がれていた。

玖島が暖房器具を用意しているあいだに、真智は途中のコンビニで買った弁当や菓子、飲み物を座卓のうえに盛った。一枚板のどっしりとした座卓だが、その角は一ヶ所、砕けたように抉《えぐ》れている。二月にここに来たときに破損したのだ。

缶コーヒーをそれぞれ手にしてプルトップを開ける。

真智が「卒業、おめでとうございます」と言いながら缶を近づけると、玖島はそれにコツンと自身の缶を当ててくれた。それだけで真智は思わず微笑《ほほえ》んでしまう。

この九ヶ月間、隣の部屋で寝起きをしてきたけれども、いびつな関係に陥ったまま玖島にどう接すればいいのか、わからず仕舞いだった。

厳しく本質を見抜く彼のまなざしを受けるのが、ただただ恐ろしかった。

——でも、今日だけは……。

自分のすべてを、不純な部分まですべて見られてもかまわない。

だから真智は黒い眸をしっかりと見詰めた。そうして話しかける。

「一ヶ月前にも、ここに来ましたよね」

「ああ」

玖島が右手を伸ばして、欠けている天板の端に触れた。

それは父が猟銃で撃って砕いた跡だった。

あの日、父は酔っぱらって別荘に置いてある猟銃をもち出し、嗤いながら発砲した。玖島の手が置かれている場所から十センチほどしか離れていない座卓の端を撃ったのだ。

しかし玖島は天板のうえに置いた手をわずかも動かさなかった。その精神力は怖いほどだったが、真智は取り乱した。父に飛びついて猟銃を奪おうとしたが、逆に跳ね飛ばされて銃身で側頭部を殴られた。

意識が飛びそうになるなか、父はふたたび玖島に銃を向けて逃げてみせろと命じた。玖島は狙われた動物のように別荘中を走らされた。

酒がはいった状態で玖島を追って走った父はアルコールが回ったらしく、しばらくすると毛皮のラグのうえに仰向《あおむ》けになっていびきをかきはじめた。

『ごめんなさい……ごめんなさい』

自分の父親から酷いことをされたのに、玖島は濡らしたタオルで真智のたんこぶのできた側頭部を冷やしてくれた。

『かまわない。これが俺の仕事だ』

狩りの獲物の真似事《まねごと》をさせられることも、こうして真智の手当てをすることも、玖島にとっては延々と続いていく「仕事」なのだ。

——もう、戻れないんだ……。

たった二ヶ月ほどだったけれども、剣道部の先輩後輩という関係だけであったころのことが、目に涙が滲《にじ》むほどに懐かしい。

その潤む目を見たせいだろう。玖島が呟く。

『三浦は悪くない』

川沿いの土手で足の裏を怪我したときのことが思い出された。

——悪いのは……俺だ。

自分は玖島に恋をした。

そして目ざとい父はおそらく、それが恋愛感情とまでは思っていなかったにしても、真智が玖島に特別な思い入れがあることを、すぐに見抜いた。

だから息子をある方法で共犯に仕立て上げたのだ。

——俺さえ先輩を好きにならなければ……俺が先輩と離れることを選べたら……。

自分は父に従って、玖島を見殺しにしつづけている。

本当のことを知ったら、玖島はどれだけ自分のことを憎むだろう。恨むだろう。

溜まっていた涙が、目の縁から転がり落ちる。

『先輩、俺は……』

いまこの場で本当のことを打ち明けてしまえたら、どんなにいいだろう。けれども怖くてたまらなくて、どうしてもできなかった。

側頭部にも胸にもジンジンとした痛みを覚えながら、時計を見る。

夜の九時だった。

真智は深く俯きながら玖島を誘った。

『いま、近くで祭りをしているんです。……一緒に、行ってくれませんか？』

玖島にとって、真智の願いは命令に等しい。だから『ああ』という答えが返ってきた。

別荘から一キロほど雪道を歩いて祭り会場に着くと、たくさんの人で賑《にぎ》わっていた。人の背の三倍ほどある円錐形《えんすいけい》の雪のオブジェを凍らせた氷濤《ひょうとう》が林立し、それが色とりどりにライトアップされている。その幻想的な空間を玖島と並んで歩きながら真智は尋ねた。

『先輩はこの祭り、来たことありますか？』

『子供のころはよく家族で来た。姉がはぐれて大騒ぎになったことがあったな』

懐かしそうな表情が横顔をよぎる。

その大切な家族と、引き離されてしまったのだ。

『……カノジョと来たことは？』

『何度かある』

恋人とも別れざるを得なかった。

もしかすると玖島は二度と恋人を作らないつもりかもしれない。結婚して家族を作ることも避けるのではないだろうか。誰にも迷惑をかけないように。

項垂《うなだ》れて足許の雪を見詰めて歩き――ふと我に返ったとき、玖島がいなくなっていた。

『先輩？』

その場で足踏みしながら三百六十度、あたりを見回す。

玖島の姿はどこにもない。

『…………』

行ってしまったのだろうか。

楽しそうに通り過ぎていく人たちが、氷濤を照らす色へと滲む。

足許が崩れるような喪失感とともに、これでいいんだという気持ちが芽生えた。

――先輩は、俺のものじゃない……父さんのものでもない。

このままどこかに逃げて、そこでまた大切な人を作るのが、きっと一番いい。

『そうだ……それが、いいんだ』

自分に言い聞かせるのに、膝がガクガクして立っていられなくなった。鮮やかな青に染まる雪のうえに、しゃがみこむ。

『………、せんぱい』

視界の滲みが酷くなっていく。

中学二年のころにいだいた憧れの終点が、ここだったのか……。

靴跡がいくつも刻まれた雪を、放心状態で見詰めていた。

その視界の上部に、黒いスノーブーツが現れた。それは引きずる足取りで歩を進め、真智の前で止まった。

重い瞼を上げると、青く染まった玖島の姿があった。

その口からは乱れた吐息が靄《もや》となって漏れている。

玖島は逃げようとしたのだ。

けれども、戻ってきてしまった。

無言で差し伸ばされた手を、真智は震える手で握り、その時に決意したのだった。

——先輩が卒業式を迎えたら……。


一ヶ月前の決意は、何度も揺らぎそうになった。いまも、ともすれば揺らいでしまいそうだったから、真智は震えそうになる声でなんとか明るく切り出した。

「そうだ。忘れないうちに卒業プレゼント、渡しますね」

スクールバッグから取り出した大判封筒を、両手で座卓の向こうの玖島に渡す。玖島が訝《いぶか》しむ瞬きをして、糊《のり》付けされていない封筒の中身を検《あらた》める。

一式の書類が、それにははいっていた。

玖島の目が見開かれていく。

「これは――」

「差し押さえの念書です」

このたった一式の紙切れで、玖島は雁字搦《がんじがら》めにされていたのだ。

「それを破棄すれば、先輩はもう自由です」

一ヶ月前に祭りで離ればなれになったとき、高校卒業と同時に玖島を解放しようと決めたのだった。

これ以上の卒業祝いはない。絶対に喜んでくれるはずだ。

……そのはずなのに、玖島の顔はわずかもほころばなかった。

「お父さんは了承していないんだろう」

「してません。でも、その念書を俺に渡したんです。先輩を――俺のものにしていいって」

「お前の『犬』として」

「……」

「お前はもう『犬』はいらないわけだ」

玖島の目が念書から上げられて、真智へと向けられる。

これまで塗り潰されていた感情が溢れ出たかのように、黒々とした眸がきつく光っている。

人生を諦めて抑えこんでいたものが、玖島のなかで爆発しているのが伝わってくる。

「俺は――」

この九ヶ月間、玖島は同じ屋根の下で不条理な扱いを受けていた。それなのに自分は念書を所有していながら、玖島を今日まで助けなかった。

玖島の視線を恐れつつも、傍《そば》にいてほしかったのだ。

自分のなかの不純に負けて、玖島を所有しつづけた。

――憎まれて当然だ。

念書を渡して解放したからといって、赦《ゆる》されることではない。真智は正座をした膝のうえで拳を握り締める。

「先輩の、気のすむようにしてください」

玖島が立ち上がる。そして、リビングの横にある部屋にはいって行った。そこには釣り具やスキー用具が収められている。

しばらくして玖島が戻ってきた。

その胸に猟銃を斜めに抱いて。

真智の膝のうえで拳がぶるぶる震える。

窓を背にして立つと、玖島は猟銃を構えた。銃口がゆっくりと上げられて、真智へと向けられる。

「服を脱げ」

借金のカタとして連れて来られたとき、玖島は父に命じられて全裸にさせられた。それからも父はたびたび、真智の前で玖島を裸にさせた。

そんなことがあった夜は、真智はかならず玖島の部屋を訪ねた。

そして一糸まとわぬ姿になって見せた。玖島がその贖罪《しょくざい》を受け入れてくれないとわかっていても、そうせずにはいられなかった。目を伏せていても、特有の視線の圧が肌にかかって、凝視されているのがわかった。

玖島がこちらに背を向けるかたちでベッドに横たわると、真智は衣類を拾い集めて裸のまま自室へと戻る。

いつもその繰り返しで、玖島のほうから服を脱ぐように言ってきたのは、これが初めてのことだった。

裸にさせたうえで、あの夜に父がそうしたように猟銃の的にする気なのかもしれない。

――それで先輩の気が、少しでも晴れるなら。

真智はふらつきながら立ち上がった。

「こっちに来て脱げ」

座卓を回って玖島の前へと移動するあいだも、銃口は正面から真智を捉えていた。

あと三歩の距離で立ち止まり、真智は学ランのボタンに触れた。凍えているみたいに指先の感覚がない。俯いて手元を確かめながらなんとかボタンをすべて外して、上着を床に落とす。

トレーナーとその下のTシャツの裾をまとめて摑んで捲《まく》り上げ、頭から引き抜いて上半身を晒す。スラックスと下着を一緒くたに下ろしていくけれども、身体がぐにゃぐにゃで衣類を脚から抜くのに苦労する。靴下も脱いで、上体を起こす。

これまで玖島の裸体を見た回数だけ、玖島に裸を晒してきた。

けれども、見ることにも見られることにも慣れることはなかった。

いまも引けそうになる腰に懸命に力を入れているものの、竦《すく》んでしまう肩はどうしようもない。

弱りきって、玖島の様子を窺《うかが》う。

いつもとは違う奇妙に光る目が、ゆっくりと動いていく。まるで内臓まで透かし見るかのようなまなざしだ。

脇腹をなぞって視線が下りていく。性器をまじまじと見られたとき、身体がビクッと跳ねた。

耐えがたくなって俯くと、玖島が銃口を下げて二歩近づいた。一歩の距離から左手が伸びてくる。頬を掌で包みこまれた。

頬から首筋へと、押しつけられた手が下りていく。頸動脈《けいどうみゃく》の強い拍動に触れられて、羞恥が膨れ上がる。親指で喉仏の淡い尖りをなぞってから、手が鎖骨を乗り越えた。なだらかな胸のうえで、玖島が指を大きく広げる。そして、ぼそりと呟いた。

「三浦は、白いな…」

真智の祖母はロシア人だ。だから目と髪はアッシュグレーで、全体的に色素が薄い。

自分の胸を見下ろして、改めて玖島との肌の色合いの違いを知る。そして男らしい玖島の手指に、胸を鷲掴《わしづか》みにされているような錯覚に陥って、背筋に激しいざわめきを覚えた。

ただ触れられているだけでも胸に痺れが拡がっているのに、玖島がわずかに指の位置をズラした。緊張に凝《こご》っている赤みを帯びた乳首が、中指に隠される。そっと尖りをさすられて、真智は痛みにも似たものに唇を噛む。

――これは罰なんだ。

憧れてきた人に憎まれている事実に、全身の肌が赤剝けになったみたいにヒリヒリする。

しばらく乳首を指先で舐《な》めるようにいじってから、また玖島の手が下降を始めた。

指先だけでツツ…と、みぞおちから腹部までを辿《たど》られる。中指が臍《へそ》の窪《くぼ》みに沈み、腹の内部にはいりこむようにくじりだす。

「ふ…は…」

真智は唇をめくるように半開きにして、気持ち悪いようなこそばゆさに、浅く短く呼吸をする。腹筋が小刻みに波打つ。

ようやく臍から指が外れた。真下には行かずに横へと流れて安堵したものの、薄い脇腹をくっと摑まれて、痺れがそこからジンジンと拡がった。

もうこれ以上、触られるのは無理だと思う。

けれども玖島には自分を好きなように扱う権利がある。

脇腹を扱《しご》くようにしながら手が下がった。脚の付け根をなぞられて、腿の内側がきつく寄る。

玖島が手を返して、掌をうえに向けた。

「────」

白っぽいペニスを、その手に掬《すく》われていた。

先端からわずかに覗いているピンク色の亀頭がヒクリとする。

握るでもなくただ載せられているだけなのに、膝がカクカクしだす。

「ぁ…」

茎に急速に熱が集まっていく。

玖島の掌のうえで、それはみるみるうちに腫れた。

ずっと懸命に隠してきた不純なものを剝き出しにされてしまっていた。

玖島の指が折れ曲がり、茎を握るかたちになる。

「せん、ぱい──」

思わず両手で玖島の手首を摑む。

ただ罰を与えるために手の筒が前後に動かされ、その指が透明な蜜に濡れそぼっていく。

「ごめ、んなさ、い……ごめんなさ、い」

騙《だま》して見殺しにしてきたことへの謝罪なのか、後ろめたい欲望を玖島にいだいてきたことへの謝罪なのか、玖島の手指を汚していることへの謝罪なのか、真智自身にもわからない。

射精と同時に、真智の身体は崩れ落ち、その場に座りこんだ。

玖島の手に絡みついている白い粘液が、床へと糸を引いて落ちていく。

「う…うう」

真智はきつく目を閉じて、啜り泣いた。

頭がガンガンして、耳鳴りがしている。

そうして次になんとか目を開けられたとき、玖島の姿はどこにもなかった。

玄関の上がり框《かまち》に猟銃が置かれていて、玖島の靴はなくなっていた。

今度こそ、先輩は本当に行ってしまったのだ。

もう二度と、会えない。

＊

寝袋のなかで目を覚ます。

顔が涙でぐしょ濡れになっていた。いつの間にか眠っていて、昔のことを夢に見たのだ。

まるでついさっき別れを体験したかのように胸がギシついていた。

真智は寝袋から這い出して、ドアの前に行く。

このドアを開ければ、二度と会えないと思っていた相手がいる。

レバー式のドアノブを握り締める。下げかけたところで我に返った。

いま顔を合わせても、そこには十三年の歳月の溝があるのだ。

夢のせいで自分の気持ちは十六歳のころに戻っているけれども、玖島はそこから十三年後の地点にいる。

真智はレバーから手を離し、ドアに背を押しつけて座りこんだ。

3

「ちょっと三浦《みうら》くん、ゾンビパンダになってる」

研究室にはいってくるなり桜紀子《さくらのりこ》が真智《まさと》の顔を見て、彼女らしい独特な表現で言ってきた。

一時間ほど寝ただけだから、目の下には見事なクマができていた。

「それにしても、外国の工作員に血眼で追っかけられるなんて、副腎皮質バキバキに活性化しちゃって研究はかどるよねー」

浮き浮きと桜が口走る。彼女だけがこの状況を心から楽しんでいた。

「でもＳＰつきのホテル生活なんて窮屈じゃないですか」

「汚部屋が限界なのよー」

彼女は片づけが苦手で、研究室も彼女の周りだけがあっという間に散らかっていく。自宅はさぞや酷《ひど》いありさまなのだろう。

桜紀子のＳＰは生真面目そうな長身痩軀《そうく》のショートカットの女性だが、桜と寝起きをともにしなければならない彼女に真智は同情を禁じ得なかった。

桜の次に岡本《おかもと》と野村《のむら》が出社してきた。

野村に怪訝《けげん》そうな顔で訊《き》かれる。

「三浦、昨日ホテルに泊まらなかったよな？　こっちに泊まりこみ？」

「え、ああ。ちょっと分析したいデータがあって」

「どんだけ仕事好きなんだよぉ。その殴られたみたいなクマ、お揃《そろ》いだな」

「お揃いって、誰と」

野村が廊下を指差す。

「お前んとこのSP。なんか廊下で石化してて怖いんだけど」

「……」

今朝方、廊下の玖島《くしま》に意識を向けながら眠りについて、夢を見た。十三年前に実際あったことを夢のなかでなぞったのだ。

あれから数時間がたって、夢が薄れるとともに過去は遠ざかっていった。

真智のなかでも十三年の時間が流れ、現在に戻っていた。

――もう戻りようがない、昔のことなんだ。

玖島を失ってから残り二年の高校生活は、部活も最低限にして勉強ばかりしていた。勉強に集中しているあいだだけは玖島のことを意識から剝がすことができたからだ。大学では研究に没頭し、気がつくと人の視線が怖くなくなっていた。長続きしないながらもたまには恋人もできて、日々を重ねてきた。

自分がそうやって過ごしてきたように、玖島もまたこの十三年を歩んできたのだ。

いまの玖島は、別れたときの十八歳の玖島とは違う。

自分ももう十六歳の子供ではない。

三十一歳のSPと、二十九歳の警護対象者というのが、自分たちのいまの関係だ。

——先輩は……玖島さんは、ただ仕事をしようとしているだけだ。それなのに、俺が過剰反応して迷惑をかけてる。

突然の再会に混乱し、客観視するのに一日を要してしまった。

真智は研究室のドアを開けた。

ドアの正面の壁に背を凭《もた》せかけて、玖島が立っていた。ひと晩中、立っていたのかもしれない。その目の下は黒ずんでいる。

「玖島さん」

SPである玖島の前に立ち、頭を下げた。

「ご迷惑をおかけしました。今夜からはホテルに移ります。今日の終業後に荷物を取りに自宅に寄りますので、警護をお願いします」

SPが答える。

「了解しました」

胸に鈍痛があるけれども、真智はいつも人に向ける笑みを浮かべることができた。

午前の実験を終え、社員食堂で昼食を終えてから眠気覚ましにシャワーを浴びて、午後はデータ分析を進めた。

このプロジェクトは病気や事故、生まれつきの障害で不自由な暮らしを強いられている人たちに、多くの可能性をもたらす。学会で発表した際には国内外から称賛され、いつしか「プロジェクト・ルカ」と呼ばれるようになった。聖書のルカ伝五章に、身体麻痺《まひ》がある者がキリストによって病を癒されて快復するくだりがある。そこから名付けられたものらしい。

人びとに福音をもたらす研究ができていることを誇りに思う。そのままの言葉を口にして、桜紀子からは「健やかすぎて不気味」と罵《ののし》られたけれども、それが本心だ。

父はおとどし心筋梗塞で他界した。生前、彼は多くの人びとを苦しめつづけた。だから息子である自分は、ひとりでも多くの人に生きる力を与えたい。いや、贖罪《しょくざい》として与えなければならないのだ。

その強迫観念に駆られるように、これまで研究に没頭してきた。

プロジェクト・ルカはチームリーダーである岡本の名とともに世界に広く知られるようになったが、実際にその根幹を構築したのは真智だった。

……そうして作り上げたのに、その技術を軍事利用しようとしている者たちがいるのだ。

そんなことになったら、自分は父と同じように、多くの人を害する存在になってしまう。それだけは絶対に嫌だった。

午後八時、玖島の運転する車の後部座席に乗りこみ、真智は自宅マンションへと向かった。玖島は昼に仮眠を取ったらしく、すっきりした目許《めもと》になっていた。真智のほうは実験中に何度も意識が遠くなり、邪魔だから帰って寝ろと野村に説教された。桜からは一日中、ゾンビパンダ呼ばわりだった。

うたた寝をしているうちに、マンションの地下駐車場に着く。

「荷物を取ってきますから待っていてください」

そう言って後部座席から降りると、しかし玖島も運転席から出てきた。

「自宅は張りこまれている可能性があって特に危険です」

言われてみれば、確かにそうだ。

玖島とともに六階に上がる。鍵を開けると、玖島が先に部屋にはいり、ワンルームの部屋とバス、トイレ、ベランダをチェックした。そして外部からの視線を遮蔽するためだろう。カーテンを閉めた。

「異常はありません」

「すぐに荷造りします。ソファに座っててください……あ、飲み物でも」

「おかまいなく」

玖島はソファに腰掛けようともしない。

真智はクローゼットの奥からキャリーバッグを取り出してベッドのうえに開き置いた。下着や着替えを手早くそれに詰めていく——ふいに、背後でカチリと音がした。

振り返ると、部屋の中央に立っている玖島と目が合った。

「あの、……」

話しかけようとした真智は、玖島の下ろされている右手を見て瞠目《どうもく》した。

その右手がゆるやかに上げられていく。

銃口がまっすぐこちらに向けられた。

さっきの音は、拳銃の安全装置を外した音だったのか。

「——」

あれから、十三年がたっている。

あの当時は玖島が自分を憎んでいても無理はなかった。だがいまの玖島はＳＰであり、当時のなまなましい感情をいまだにいだいているとは思えない。

彼の黒い眸《ひとみ》にはなんの感情も透けていない。その眸に見据えられることが、銃口を向けられていること以上に、真智の気持ちを掻《か》き乱していた。背筋を震えが駆けのぼる。

玖島が命じる。

「服を脱げ」

今朝、夢を見た直後に自分が一時的に十三年前に戻ったように、玖島もなにかきっかけがあって十三年前に戻ってしまっているのだろうか。

引きずられそうになる感覚に、真智は抗《あらが》い、踏み止《とど》まった。

玖島のほうに身体《からだ》を向け、みぞおちに力を籠めて尋ねる。

「なんのためですか？」

答えない玖島に、はっきりと伝える。

「納得できる理由がないなら、聞かなかったことにします。銃を下ろしてください」

しかし玖島は銃を下ろさずに言った。

「お前たち研究チームのなかにスパイがいる可能性がある」

真智は目をしばたたいてから、半端な笑いを浮かべた。

「まさか。そんな冗談」

「俺が冗談を言うような人間か、よく知っているだろう」

一人称が「私」から「俺」になり、自分たちの過去の距離感を匂わせる言い方をしてきた。

胸のざわつきをなんとか押し止めながら、真智は表情を厳しくした。

「本当に俺たちのなかにスパイがいると疑っているんですね。それはＳＰの――警視庁の見解ですか？」

「実際に、まだ非公開のはずの研究データの流出が確認されている」

「……え」

混乱して、真智はこめかみに手を当てた。

「でも、拉致の心配があるからＳＰをつけられたわけですよね。すでに情報を流している人間がいるなら、警護をする必要はない。要するに」

推察できる答えはひとつしかない。

「俺たちを見張るために来たんですか？」

それに対して、玖島は否定も肯定もしなかった。

「お前を検《あらた》める必要がある。服を脱げ」

「……」

一応、状況は把握できた。

そういう話ならば、身の潔白は誰よりも自分がよく知っている。……それに、よりによって玖島に、自分が父親のように悪辣な人間だと思われるのは耐えられなかった。

真智はジャケットを脱いでベッドのうえに置いた。ワイシャツのボタンを首元から外していく。昔のことが思い出されて手が震えそうになった。上半身裸になり、スラックスを脱ぐ。下着と靴下だけ身に着けた姿で、苦い声で訊く。

「全部ですか？」

「全部だ」

靴下を脱ぎ、青いボクサーブリーフを脱いだ。

玖島が右手で拳銃を構えたまま近づいてくる。そして左手を真智の頬へと滑らせて、呟《つぶや》いた。

「白いな」

その言葉で、意識が簡単に過去へと戻されそうになる。

手が髪へと流れ、頭皮を探るように辿《たど》られる。小型の記録媒体が隠されていないか探しているのだろうか。耳に小指を差しこまれて、こそばゆさに項《うなじ》が痺《しび》れる。顎に手をかけられて「口を開け」と言われた。見るだけではなく、口のなかに指を入れられた。歯列や頬の内側や口蓋を余すところなくなぞられ、舌をぐちぐちと捏《こ》ねられた。喉が「んン…」と鳴ってしまう。

ぬるぬるになった指を抜かれるころには、頬が火照っていた。

——これは、潔白を証明するためなんだ。

自分に言い聞かせていると、玖島の手が項や首、鎖骨、胸を這《は》いまわりだす。こんな触り方をする必要があるのだろうか。

「あの…」

「埋めこみ型のチップがないか確認してる」

質問する前に淡々とした声で返された。背後に回られて背中を撫《な》でまわされた。脇の下を探られて腰がわずかによじれる。そのまま後ろから腕と脚にも触られた。

触られた場所から火照りが拡《ひろ》がる。いまやそれは全身を埋め尽くしていた。

玖島が正面に戻ってくる。

赤くなっている顔を見られたくなくて真智は俯《うつむ》き――喉をヒクリとさせた。

自分の下腹部にある茎が頭を浮かせていた。

動揺しているうちに、半勃《はんだ》ちのものへと玖島の手が伸ばされた。

あの時そのままに、掌《てのひら》にペニスを載せられる。

性器を陰嚢《いんのう》から先端まで丹念に触られて、埋まっているものがないかを確かめられる。亀頭をなかば隠している皮のなかに指を入れられた。

「ぁ…っ」

腰を引こうとするのに、そのままぐるりと括《くび》れの周囲を辿られる。目の奥がチカチカするほどの刺激に、真智は玖島の右腕に摑《つか》まってしまう。硬くて冷たい銃口を自分の脇腹にめりこませる。

亀頭の先端から、透明な液がピュッと散った。

――もう、少しで……。

あとほんの少しいじられたら、射精できる。場違いなことのはずなのに欲望がどんどん膨れ上がって、自制心を削り取る。

それなのに、玖島がスッと手を退《ひ》いた。

あくまで身体を検めるための行為で、他意はなかったのだと突き放される。恥ずかしさと惨めさとが押し寄せてきた。

「壁に両手をついて立っていろ」

命じられて、真智はのろのろとした動きで壁まで行き、犯罪者のように両手をついた。

横目で背後を見ると、真智が脱いだ服を玖島が入念に調べていた。そして怪しいものがないとわかると、今度は家宅捜索よろしく室内を検めはじめた。寝起きするだけの部屋――どころか、仕事で寝に帰らない日すらままあるため、十二畳の部屋は空間をもて余している。

三十分ほどで家捜しを終えた玖島が、真智へと近づいてきた。いまだ欲望が燻《くすぶ》っている肉体を見られたくなくて身を竦《すく》める。

「……もう、服を着ていいですか」

掠《かす》れ声で尋ねると、玖島が低い声で「まだだ」と答えた。ほかになにを調べることがあるというのか。あまりにも理不尽な扱いだ。

背後で玖島がなにかゴソゴソとしたかと思うと、覆い被《かぶ》さるように身体を重ねてきた。固い胸筋や腹筋を背中に感じる。

「なん、ですか」

「脚を肩幅に開け」

言葉とともに玖島の足で、足首の内側のくるぶしを外側へと押された。

「え…ぁ？」

尻の丸みに、なにかぬるりとしたものが触れた。それが狭間《はざま》へと滑りこんでくる。咄嗟《とっさ》に尻を狭めて腰を前に逃がすと、腹部を左手できつく押された。臀部《でんぶ》を突き出す姿勢になる。またぬるつくものが尾骶骨《びていこつ》をくじった。

「嫌、です」

抗おうと背後に手を伸ばしかけると、すぐ耳の後ろで命じられた。

「残っている場所を調べるだけだ。両手は壁についていろ」

「う…ぅ」

縋《すが》りつくように壁に手をつきなおす。

「ただの確認だ」

尻の狭間を撫《な》で下ろされ、きつく窄《すぼ》んだ襞《ひだ》を揉《も》まれた。どうやら指にジェルつきの避妊具を被せているようだ。

体内に隠しているものがないかを確かめるつもりなのだろう。

懸命に力を籠めて拒もうとするのに、手馴《てな》れた指遣いでくにくにといじられて、襞がヒクつきだす。

「う…、や――――あ」

指先を窄まりに埋められた。

生理的拒絶に締まる孔《あな》の浅い場所で、指が優しく回された。まるで愛撫《あいぶ》する動きだ。

「は、っ…ふ…」

尾骶骨から背筋へと強烈なざわめきが這い登っていく。

くねりながら指が深度を増す。第二間接まで含んだところで、真智は壁に額を押しつけた。

半開きの唇で浅い呼吸をする。そして視界にはいった自分のペニスに愕然《がくぜん》とする。

——……嘘《うそ》だ、こんな。

多少は治まっていたはずのものが、ふたたび限界に近い状態に戻っていたのだ。真っ赤な先端から糸を縒《よ》りながら蜜が落ちていく。フローリングの床に液溜《だ》まりができていた。

ぐぐっとさらに指を押しこまれる。掌が臀部に当たり、根元まで挿《い》れられたのがわかった。

届くかぎり深い場所を指先で擦《こす》られる。異物がはいっていないかを確かめられているだけなのだけれども……。

——指……先輩の……。

玖島が仕事としてやっているのはわかっている。

しかしいま体内にあるのは、あの玖島敬《たかし》の指なのだ。内壁がきつく締まってしまう。

「ぁ——」

「確認しにくい」

「すみ、ません……っ…」

粘膜深くを強い指で擦られて、腹筋がわななく。ペニスが根元からくねり、さらに蜜を零《こぼ》す。

——早く、抜いて……くれない、と……。

それなのに執拗《しつよう》に壁を圧《お》され、さすられる。ここまでする必要があるとは思えないけれども、射精をこらえるのに精一杯で抗議などできなかった。

探られる場所が徐々に浅くなっていく。

——もう少しだけ、我慢すれば。

そう自分に言い聞かせた次の瞬間、真智は大きく身体を跳ねさせた。

「ああッ」

上擦った声が出て、驚く。でもすぐにまた、喘《あえ》ぎ声が口を突いた。

「あ、ん…っ、あ」

いま玖島の指が当たっている場所がコリコリしているのが自分でもわかった。指がズレるのを待つのに、そこばかり捏《こ》ねられる。明らかに意図的な行為だった。

玖島が背後からいっそう身体を密着させてくる。俯く横顔を眺められているのがわかった。頬どころか耳や首筋まで真っ赤にして、目に涙を溜めて喘いでいる姿を見られているのだ。

半開きの唇からよだれが垂れる。

こらえようにも、寒気にも似た甘い痺れに腿《もも》や腹部を侵蝕《しんしょく》されていた。ガクガクと身体が震えだして、ペニスが大きく弾む。

「っ、——っ、んッ！」

壁へと白濁が勢いよく叩《たた》きつけられていくのを、涙に滲《にじ》む視界で見る。

体内から指を引き抜かれると、真智は床にへたりこんだ。

玖島が指から避妊具を外しながら言う。

「とりあえず今日のところは潔白ということにしておこう」

真智は眉を歪《ゆが》め、充血した目で玖島を見上げた。

「今日の、ところは？」

「証拠品が出なかったことと、疑惑が晴れることとは違う」

そんなものは悪魔の証明だ。やったことを証明するのは容易でも、やっていないことを証明するのは難しい。

「それでは疑惑はいつまでたっても晴れないことになります」

非難のまなざしを向ける真智に、玖島が冷ややかに告げる。

「明日の潔白は、明日のお前が証明すればいい」

「明日、も…？」

「そうだ」

——俺を信じる気はまったくないってことか……。

玖島のなかでは、自分は裏切り者のままなのだ。

確かに、かつて自分は父の共犯者となり、玖島を苦しめた。信じるに足る人間でないと判じられても仕方がない。

けれども、自分なりに父のぶんの贖罪まで果たそうとして、これまでやってきたのだ。

感情が爆発しそうになって、身体が震える。

真智は座ったまま鋭い角度で玖島を睨《ね》め上げた。

「俺はこの研究に心血をそそいできました。それを軍事目的の相手に流すなど、絶対にあり得ません」

たとえ通じなくても、そう訴えずにはいられなかった。

すると玖島がすっと目を細めた。

「絶対、などというものはない」

「……」

「そんなものに縋れば、足場のすべてを失うことになる」

高校三年で味わった転落が、玖島には擦りこまれているのだ。

まともな家庭で育って剣道に打ちこんできた日々を突如として奪われ、しつこくまとわりついていた後輩はいざとなったら救える立場にありながら、そのことを九ヶ月ものあいだ隠していた。

——俺のせいだ。

そう思ったとき、罪悪感とともに、じわりと違うものが胸に滲んだ。

玖島のなかには、いまだに自分への憎しみが燻《くすぶ》っている。だからわざわざ辱めるような行為をしたのだ。あの別れの日と同じように。

——先輩のなかには、俺がつけた傷痕が残ってる。

そのことに心をこんなにも動かされるのは、自分のなかにも、いまだに玖島への罪悪感と思慕が傷痕のように残っているからなのだ。

4

人に見られているような息苦しさを覚えて、真智《まさと》は目を開けた。

目覚めたとき視界にはいるホテルの天井にも見慣れてきた。ホテル暮らしも半月になる。

緊急事態に対応するために、ふたつのベッドのあいだのナイトテーブルに置かれたランプはひと晩中、点《つ》けられている。

顔を横に向けて、ランプの向こう側のベッドを見やる。

玖島《くしま》は寝るときもワイシャツとスラックス姿でいつどんな事態にも対応できるようにしている。しかし、ベッドに彼の姿はなかった。

テーブルに埋めこまれたデジタル時計は、四時ちょうどを教えていた。

視線を彷徨《さまよ》わせると、窓際に置かれた椅子に玖島が腰掛けていた。椅子のアームに肘を乗せて頰杖《ほおづえ》をつき——こちらを見ている。

数秒、見詰めあう。

「…………」

心臓が跳ねて、真智はきつく目を閉じた。

まだ見詰められているのを感じる。毛布のなかで足先が強張《こわば》る。

昨夜も職場からホテルに帰ったとたん、全裸になることを強いられた。職場からデータをもち出していないか確かめるために、毎日欠かさず身体検査をされるのだ。

しかしそれにしても、昨日は逸脱が激しかった。

すべての衣類を脱いだとたん、玖島にベッドに押し倒されたのだ。そうして、俯《うつぶ》せで尻だけ上げる姿勢を取らされ、無理やり指を捻《ね》じこまれた。指は最終的に三本まで増やされ、まるで犯すように突き上げられた。

毎日慣らされてきた内壁はその行為を受け入れて、わななないた。

性器を刺激されることなく、後ろだけで果てると、ようやく指を抜かれた。

それから改めて、俯せの身体を頭から足の裏まで触られた。玖島の手指が触れた場所が甘く痺れて、仰向《あおむ》けにされたときにはふたたび陰茎が腫れていた。

玖島は覆い被さるようにして、火照る真智の頬を掌で撫でまわし、唇のなかに指を挿しこんだ。口のなかの粘膜を捏ねられて、透明な体液が目と口と性器の先から漏れた。

下の口にされたように三本の指を咥《くわ》えさせられて、苦しさに噛みつくと、玖島が目を眇《すが》めた。

そしていっそう激しく口腔《こうこう》を弄《もてあそ》ばれた。

口から指を抜かれたとき、真智の腹部は垂れた先走りでぐっしょりと濡れていた。

恥ずかしさのあまり抗議する。

『け……検査の範囲を、逸脱してます』

玖島がわずかに目を眇める。

『ただの身体検査だ』

思いあまって玖島を押し退《の》けようとすると、両手首を摑まれてシーツに押さえつけられた。

『そんなわけありません！　公にすれば、あなたも相応の処分を受けることになりますよっ』

玖島が薄《う》っすらと笑ったように見えたが、一瞬のことだった。

『三浦《みうら》は絶対に騒ぎたてたりしない』

『どうして断言できるんですか？』

『お前がどういう人間か、俺はよく知っているからだ』

玖島が知っているのは昔の三浦真智であって、いまの自分は違うと反論しようとしたけれども、ペニスを握りこまれて言葉が出なくなった。

嫌がりたいのに、扱《しご》かれる刺激に流されてしまう。

全身が突っ張り、ぶるりと震えた。

どろりとした白濁が喘ぐ腹部を流れる。

しかし玖島は茎から手を離してくれず、そのまま性器をまさぐってきた。

『や…め、いま、は』

果てたばかりの器官をいじられて、真智は首を横に振る。

しかし玖島は真智に覆い被さったまま、手を動かしつづけた。

『まだ検査が終わってない』

『ぁ、っ…ぁ――』

いたたまれない感覚に身体がビクンビクンと跳ねる。

双嚢《そうのう》を揉《も》みこまれて、茎をねっとりと指でたどられ、返しの段差をくすぐられる。亀頭の先端の溝に親指を宛がわれて、小刻みに擦られた。

『む、り、無理ですっ』

間近にある顔を見上げて訴えるのに、聞き入れてもらえない。

視界が明滅するほどの刺激が下腹部からぶわっと拡がった。

いったい自分の性器はどうなってしまっているのだろう。怖くなりながら、視線をそこに向ける。

先端を玖島の指で弾かれたとたん、透明な液がぴゅくぴゅくとそこから飛び散りはじめた。

『え、な、に…』

こんなふうになったことは、これまで一度もなかった。

『ぁあ、ぁああ』

なかばパニックに陥りながら、真智は縋るように玖島の肩に両手で摑まる。

限界を超えた感覚に茫然《ぼうぜん》自失状態になっていると、玖島が耳元に口を寄せてきた。

『三浦は検査のし甲斐《がい》がある』

『――』

限りなく性的なことをしておきながら、玖島自身は性欲を発散させようとはしない。

一方的に貶《おとし》められるばかりなのがつらくて、真智は玖島の下からもがき出るとバスルームへと飛びこんだのだった。

……それが、三時間ほど前のことだ。

それだけたっているのに、身体中に玖島の手の感触がこびりついたままだ。耳元で囁《ささや》かれた言葉が、いまも耳孔の奥をくすぐっている。行為のときにかすかに漂う、くすんだような玖島の香りが鼻先に漂っているかのようで。

痛いほどの痺れが身体の奥を震わせる。

こうして目を閉じていても、玖島がこちらを見ているのがわかる。

――息が苦しい……。

この玖島に復讐《ふくしゅう》される日々は、いつまで続いていくのだろうか。

「朝食ですけど」

朝の支度を終えた真智は硬い表情で玖島に切り出した。

「通りの向こうのカフェで取ってもいいですか?」

このホテルの朝食はブッフェスタイルで和洋中と揃えてあるものの味付けが単調で、二週間も続くとさすがに飽きてきた。昨日そう愚痴っていたら、野村《のむら》からそのカフェを勧められたのだった。チキンと卵たっぷりのクラブサンドが絶品らしい。

玖島がカーテンを開けて、窓からカフェの位置を確認する。

「いいだろう」

真智は思わず顔をほころばせた。

仕事中心の生活で昼食夕食は研究所の食堂ですませるため、これまでも朝食はひそかな楽しみだったのだ。

それにこの二週間、出社はホテルの地下駐車場から車に乗って研究所の地下駐車場で降り、帰宅はその逆という生活で、散歩も禁止されていたため、さすがに鬱屈してきていた。

目の前の片側二車線の道路を渡ってカフェに行くだけでも立派なイベントに感じられて、浮き浮きしながら促す。

「玖島さん、行きましょう」

「……ああ」

「なんですか？」

「いや、なんでもない」

いつもの無表情とは違う顔つきだ。強いて言えば、苦笑いだろうか。

ホテルのエントランスから出るとき、玖島は左腕で真智を軽く制して開いた自動ドアから素早く視線を走らせた。異常がないことを確認してから「どうぞ」と告げてくる。

カフェまではホテルを出て歩道橋を渡るだけだったが、玖島はさりげないように寄り添いながらも、鋭く周囲に注意を張り巡らせる。彼の意識が蜘蛛《くも》の巣のように拡がっていくのが見えるようだった。

玖島は真智をスパイだと疑っていると言う反面、警護に余念がない。こうして安心していられるのはなにかあっても玖島が守ってくれると信じられるからだろう。

毎晩、自分のことを苛《さいな》む男を信頼しているなど奇妙だけれども、それが事実なのだ。

カフェは天井に差し渡された天然木に、色つきグラスを逆さにしたようなライトがいくつも提げられていて、素朴と洗練がいい具合に混ざった内装だった。

玖島が選んだ窓から離れた場所にある席へとつく。

クラブサンドを勧めてみると、玖島もそれを頼んでくれた。

こういう朝陽《あさひ》の射《さ》す明るい空間で玖島と向かい合っているのは、奇妙な感覚だった。

なんの表情も浮かべずに正面から直視してくる眸の圧に、落ち着かない気持ちにさせられる。

運ばれてきたクラブサンドにかぶりつく。黙々と食べていると、野村が彼のSPとともにやってきた。隣のテーブルに座りながら訊いてくる。

「な？　それ、アボカドソースがいい感じだろ？」

真智が頬張りながら「最高《ハイコー》」と返すと、野村のSPの北沢《きたざわ》がクスクス笑った。

「リスみたいになってる」

その指摘に、野村が吹き出す。

「ほんと、リスだ」

口のなかのものをアイスコーヒーで押し流して、真智は頬を元の大きさにした。向かいの席を見ると、玖島が目を逸《そ》らして今度ははっきりと苦笑いをしていた。

北沢が玖島のほうに上体を傾けながら言う。

「いいな、玖島は。こんな可愛《かわい》げありまくりの警護対象者で」

北沢は赤みを帯びた髪と眸に派手な顔立ちで軽薄そうな外見をしているが、中身もそのままらしい。

真智は野村にぼそぼそと言う。

「北沢さんって、なんかあれだな」

「SPらしくないだろ？　お蔭《かげ》でこんな生活でも意外とストレスフリーでさ」

「聞こえているよ。僕がSPらしくないって？」

絡んでくる北沢に、野村が返す。

「だって、そうじゃないですか。玖島さんはいかにも有能なＳＰって感じですけど」

野村はすっかり北沢に心を許している様子で、真智はもやもやとした気持ちになる。

玖島は研究員のなかにスパイがいる可能性があると言っていた。おそらく北沢もひそかに野村の言動や所持品をチェックしているに違いない。

「さすがの僕も玖島と比べられたら分が悪すぎるよ。昇級試験はサクサク受かりまくるし、射撃の腕も見事なもんで、剣道がこれまた凄《すご》い。文武両道、特Ａ級だ」

「それは確かに比べたらいけませんでした。失礼しました」

野村の軽口に、北沢が肩を竦めて見せる。

それをしり目に、真智は北沢の語ったことを嚙み締めていた。

――やっぱり先輩は凄い。

なにか胸が詰まったようになりながらクラブサンドをふたたび頰張ると、北沢と目が合った。その甘いかたちの二重の目が細められて、自身の頰を人差し指でつついてみせる。またリスになっていると言いたいのだろう。

これはこれで少し疲れるかもしれないと思いながら向かいの席を見た真智は、我が目を疑った。

玖島が楽しそうに微笑《ほほえ》んでいたのだ。

北沢がなにか耳打ちすると、その笑みがさらに明確になる。

玖島のこんな表情を見たことは、高校時代も含めてこれまで一度もなかった。頭を殴られたようなショックを覚える。

——どうして、こんな顔を……。

理性的な推測はすぐに立った。

この十三年で玖島も明るく微笑む人間になったのか。あるいは、昔も自分の見ていないところでは誰かにこんなふうに微笑みかけていたのかもしれない。たとえば、高三のとき別れた恋人や家族に対しては。そして北沢とは特に馬が合うのだろう。

しかし妥当なラインの推測を立てられたところで、ショックは薄まらなかった。

手を伸ばせば届く距離に欲しいものがある。

けれども、それが自分のものになることはない。

実際、するりとこちらに視線を向けたとき、玖島の顔からは笑みがこそげ落ちていた。気持ちがずるずると沈み、ハーブの利いたふっくらとしたチキンが、味気ないぱさぱさの繊維束のように感じられた。

食事を終えてカフェを出ると、玖島が訊いてきた。

「この店は気に入らなかったか？」

「そんなことありませんけど」

「口が尖《とが》って不満そうな顔をしてる。昔から三浦は呆《あき》れるほど顔に出やすい」

いつもより口が滑らかな玖島に腹が立って、真智はぼそりと言う。

「北沢さん、楽しくていい人そうですね」

どうせ肯定の言葉しか返ってこないだろうと踏んだのに、しかし玖島が横顔を険しくした。

「あいつには近づくな」

「……」

よほど北沢のことが気に入っていて、真智には近づかれたくないということか。

歩道橋の階段を上がりながら鬱々とした気持ちになる。

──昔となにも変わってない。

勉強も研究も人間関係も、この十三年のあいだ積み重ねてきたはずのすべてが、淡雪のように溶け消えてしまっていた。

そしてその下に隠されていた、玖島敬《たかし》へのなまなましい想いが剝《む》き出しになっている。

──俺はいまでも、先輩のことを……。

考えに沈みこんでいた真智の腕を、玖島が急に摑んで引き寄せた。

「な、なんですか、先輩」

つい、昔の呼び方が口を衝《つ》いて出てしまった。

低い声で玖島に指示される。

「工作員に挟み撃ちにされてる。歩道橋を突破したら、すぐホテル内に駆けこめ」

「え…」

真智は歩道橋のちょうど真ん中から慌ててあたりを見回した。歩道橋の階段を上ってくる者たちがいた。カフェ側からはビジネスマン風の三人、ホテル側からは外国人観光客らしい八人ほどの集団だ。

ビジネスマンのほうはともかく、観光客は女子供もいて工作員のようには見えない。しかし玖島は臨戦態勢の気迫を静かに放っている。真智は半信半疑ながらも気持ちを引き締めた。

異国の言葉で談笑しながらこちらに向かってくる観光客たちへと歩きだす。

すれ違う寸前に、五歳ぐらいの子供が真智へと手を振ってきた。屈託のない笑顔に気を取られた次の瞬間、恰幅《かっぷく》のいい中年男が真智に摑みかかろうとした。見た目からは想像もつかない素早い動きだったが、玖島が男のみぞおちに拳を入れた。男の身体が吹き飛んで数人を巻きこみながら欄干にぶつかる。子供が転んで大声で泣きだす。

カフェ側から歩道橋に上がってきた三人が、こちらに向かって走ってくる。

玖島の読みは完全に正しかったのだ。

「三浦、走れ！」

盾になるかたちで真智を工作員たちから守りながら、玖島がスーツの下のホルスターから銃を抜く。

とにかくこの歩道橋を抜けるのだ。パンッという音がして足のすぐ近くの床で火花が散った。背後から拳銃で撃たれたのだ。おそらくサイレンサーがつけられているのだろうが、完全には銃声を消せない。また発砲音がした。

「ぐ…」

玖島の身体が跳ねて、傾《かし》いだ。

「大丈夫ですかっ」

「いいから走れ！」

橋の端まで走り抜ける。斜め後ろにいる玖島が一発発砲し、背後で呻《うめ》き声があがった。あとは階段を駆け下りるだけだ。歩道橋での騒動を、歩行者たちが立ち止まって怪訝《けげん》そうに見上げている。

「三浦、伏せろっ」

そう言いながら玖島がタックルをしてきた。欄干の金属部分に銃弾が当たり、甲高い音があたりに響く。その音を聞きながら、真智は頭と腰を長い腕でがっしりかかえられるのを感じる。

身体が勢いをつけて跳ねながら階段を横転していく。

ひと際大きな衝撃があり、ようやく止まる。自分をかかえている腕からふっと力が消えた。

真智はぐらぐらする視線で、下敷きにしている玖島を見た。

意識を失っているらしい。目を閉じている。

「ぁ……」

玖島の頭部からアスファルトへと染みが拡がっていくのが見えた。まるで雨が降ったときのように黒く濡れていく。

血の匂いがする。

「せんぱい――先輩っ」

両肩をきつく摑んで呼びかけるが、反応はなかった。


「よかった。君は無事だね」

病院の廊下に置かれたソファに呆然と座っていると、駆け寄る足音とともにそう声をかけられた。

「……北沢さん」

北沢が息を切らしながら、ドアのうえの「手術中」の表示灯を見上げた。

「玖島の状態は？」

「……頭を強く打って……出血が、酷くて」

膝のうえの拳を震えるほどきつく握り締める。

「すみませんでした」

北沢が隣に腰掛ける。

「君が謝ることじゃない」

「でも、俺が我がままを言って外出したせいなんです」

「玖島はそれを問題ないと判断したからカフェに行ったんだよ。僕だってそう判断したから野村さんを連れてあのカフェに行った。君たちの研究だってそうなんじゃないかい？　リスクを計算に入れて判断して、その結果は自分で負う」

言い聞かせるゆっくりとした口調で告げてから、北沢が顔を覗《のぞ》きこんできた。

「それで、君はどこにも怪我《けが》はないのかい？」

「ほんの軽い打ち身だけです」

「玖島が目を覚ましたらそれを教えてやればいい。きっと喜ぶから」

「……喜ぶ？」

励ますように、北沢が真智の握りこぶしをポンポンと掌で叩《たた》いた。

「保証する。君を守れたことが、玖島はなによりも嬉《うれ》しいはずだ」

その言葉が胸にじわりと沁みた。

北沢がふと顔を上げ、立ち上がった。見れば、「手術中」の表示が暗くなっていた。真智も慌ててソファから腰を上げる。

ドアが開き、術衣姿の執刀医がマスクを外しながら出てきた。

「手術は無事に終わりました。頭部は裂傷のみで、骨に異常はありません。いまのところ脳に損傷は見られませんが、明日改めてＭＲＩ検査をします。左肩に滞留していた銃弾は摘出しました。骨と神経は傷ついていません」

真智は医師に礼を言って頭を下げ、そのままへたりこみそうになった。北沢が「おっと」と腋《わき》の下に手を差しこんで支えてくれた。

膝に力を入れて体勢を整え、「ありがとうございます。もう大丈夫です」と告げると、北沢が支える手を外しながらふざける。

「役得だったかな」

本当におかしな男だ。真智は気が抜けたこともあって、思わず表情を緩めてしまう。

――この人になら、先輩が心を許すのもわかる気がする。

外見と言動は軽薄なのに相手に不快さをいだかせず、話していると自然と心がほぐれる。北沢に嫉妬心があるものの、同時にいくらか好感ももちはじめていた。

『あいつには近づくな』

玖島の言葉が思い出される。

でも北沢からなら学べるかもしれないのだ。

どんなふうに接すれば、玖島からやわらかな明るい表情を引き出せるのかを。

襲撃直前に、歩道橋の階段を上りながら考えていたことを思い出す。

――十三年前と、なにも変わってない。俺は先輩のことをいまでも……好きなんだ。

認めたら、嘘みたいに気持ちが楽になった。

＊

玖島敬のことを、崇拝していた。

それが明白な性的欲望を孕《はら》んだ恋へと変わったのは、彼が自分の「犬」として一緒に暮らすようになってからだった。

父は初め、玖島に高校を辞めさせようとした。借金のカタに差し押さえたものの学費を払うなど馬鹿らしいと考えたのだ。

しかし真智は猛然と反対した。父にしっかり反抗したのは、生まれて初めてのことだった。

高校を出ておいたほうがきっと仕事でも役に立つとか、思いつく限りのことを端から並べたて、最後には玖島の学費は将来自分がかならず利子をつけて返済すると申し出た。

金勘定をなにより優先する父は、それならばと真智に借用書を書かせたうえで、玖島の学業継続を許した。

玖島の力になれたことが真智は嬉しくて仕方なかった。

でもあの時、自分のなかで「先輩は俺のものだ」という意識が生まれたのだと思う。

親から与えられたのではなく、自分の意志で買ったのだ。ただこれまでどおり玖島に学校生活を送ってほしいという気持ちからだったとしても。

もし本当に玖島のためを思うならば、同居するようになって一週間ほどたったときに父から渡された差し押さえの念書を破り捨てればよかったのだ。

だが、どうしてもそれはできなかった。

破り捨てれば、玖島が高校も中退して自分の前から消えてしまうのはわかりきっていた。

だから、身勝手に手元に繋《つな》ぎ止めつづけたのだ。

自分を薄汚い人間だと思った。

薄汚いと自覚する点はほかにもあった。

父は玖島に未明の雪掻《か》きや三台ある車の毎日の洗車、もろもろの雑用を強いた。真智はそれもやめてほしいと父に頼んだが、衣食住のぶんを身体で返すのは最低限のことだと撥《は》ね退《の》けられた。

しかも父はその雑用の出来に難癖をつけては、玖島に屈辱を強いた。玖島は無感情な様子で服を脱いで裸体を晒《さら》し、真智の前に正座をしては犬の鳴きまねをした。

その度に真智は、父の酷い仕打ちに憤りを覚えた。

本当に憤っているのに、目を逸らすことができなかった。

すらりとした四肢をもつ力強い肉体に――辱めを受けていてすら美しく背筋を立てるさまに、

見惚《みと》れ、性的興奮を覚えた。

そして玖島が屈辱を受けた夜は、かならず彼の部屋を訪ねて、裸になった。

見殺しにしつづけていることへの罪滅ぼしをしないではいられなかった。……けれども、罪滅ぼしなどというのも、本当は醜い欲望への言いわけにすぎなかったのかもしれない。

真智が全裸になってしばらくすると、玖島は腰掛けているベッドへと身を横たえて壁のほうを向く。そうすると真智は衣類を拾って自分の部屋へと戻る。

そして全裸のままベッドに横になり、壁のほうを向く。

壁一枚を隔てて、玖島と向かい合わせになる。

「先輩……」

上擦った声で呟いて、真智はいつものように自身の下腹部へと手をやる。

目に焼きついている今日見た玖島の裸体を思い浮かべながら、いましがた、玖島に裸を見られたときの感覚を甦《よみがえ》らせる。

「は——ぁ」

手のなかで茎がむくむくと膨らんでいく。

「先輩……、ごめんなさい」

謝りながらももう片方の手で、玖島が視線でなぞってくれた身体を撫でまわす。

憧憬《しょうけい》と欲望とがどろどろに溶けて、先端から蜜がたくさん溢《あふ》れ出す。

こんな淫らなことを目の前でされていると知ったら、玖島はどう思うだろう。

「嫌だ……嫌」

軽蔑されるのを想像すると怖くて仕方ないのに、怖さと同じほどの強さで快楽が跳ね上がっていく。

「や、ぁ、ぁぁ、っ」

聞こえたら困るのに、声が漏れてしまう。

大きな波に腰を叩かれるようにして射精する。

「ん…、ん」

頬を火照らせ、とろりと残りの精液を出しきる。

「――――」

とたんに、激しい罪悪感が胸に溢れ返った。

自分はどんどん汚れて、父に似ていっている。

父は金で縛りつけて、男でも女でも従わせる醜くて傲慢な男だ。妻のいる家に何人もの女を連れこんでは乱痴気騒ぎをしていた。はっきりと両親の口から聞いたことはないけれども、母もまたなにかのカタに取られて結婚させられたのではないかと思われる節があった。

自分は母親の味方で、だから家を出るときは連れて行ってくれると思いこんでいたのだけれども。

――母さんは、正しかった。
嗚咽《おえつ》に喉が震える。
自分は大切な人を傷つけ、穢《けが》してまで、雁字搦《がんじがら》めにしておくような人間なのだ。
涙が鼻を乗り越えていくのを感じる。
「……もう、嫌だ」
訴えるように呟きながら、壁の向こうにある黒い眸を見詰める。
これ以上、汚れていく自分を好きな人に見られたくない。

5

仕事を終えた真智《まさと》は、負傷した玖島《くしま》の代わりに投入されたSPの運転する車でホテルへと帰った。真智が襲撃された件を受けて、SPは増員され、チームリーダーの岡本《おかもと》には三人、ほかの三名の研究員には各ふたりずつがつくこととなった。

玖島は怪我が完治し次第、現場に復帰するだろうと北沢《きたざわ》から教えられた。頭部の怪我は出血量に比べて酷くなかったようだが、被弾したのだから完治となるとそれなりに時間がかかるに違いない。

十三年も顔を合わせずに過ごしたのに、たったの三日会えないだけで顔を見たくてたまらなくなっていた。

エレベーターを降りると、圧迫感のあるダークスーツ姿の男たちがいた。彼らもまたSPで、この階で降りる人間を目視でチェックしているのだ。

完全監視の囚人気分で通路を歩いていた真智の目は、部屋のドアの前に立つ人影に焦点を合わせ、見開かれた。

「せんぱ……玖島さんっ」

ＳＰを置き去りにして、真智は駆け寄った。

「怪我のほうは――？」

頭の包帯に触れながら玖島が答える。

「大したことはない。もう大丈夫だ」

真智担当のＳＰふたりが顔を曇らせて、玖島に確認する。

「復帰予定は早くて十日後と聞いていました。肩もまだ動かせないのでは？」

玖島が左肩を大きく回してみせる。

「うえの許可は取った。今晩から三浦《みうら》さんの警護に戻る」

「ですが……」

「室内の警護はこれまでどおり、ひとり態勢だな。ふたりとも休んでくれ」

有無を言わせずに仕切り、玖島がドアを開ける。視線で促されて真智が室内にはいると、玖島も入室してドアを閉め、鍵をかけた。

予想外に早い再会に舞い上がりそうになる気持ちと、どう考えてもまだ本調子ではないはずだという心配が入り混じる。

電気ポットのコンセントを差しながら声をかける。

「楽にしていてください。コーヒーと紅茶とお茶と、どれがいいですか？」

「コーヒーがいい」

これまでは真智が飲み物を用意するのをよしとしなかったのに、今日は素直に受け入れてくれた。それだけのことでも気持ちが弾む。

「すぐ淹《い》れます」

「三浦」

「はい？」

ベッドに腰掛けている玖島に笑顔を向けると、しかし冷ややかな視線で見返された。

「どうして俺の言うことを守らなかった？」

「え？」

「北沢には近づくなと言ったはずだ。あいつからお前とよく喋《しゃべ》るようになったとメールが来た」

そのメールが気になって、わざわざ復帰を早めたのだろうか？

真智は視線を外して、表示温度が上がっていくポットのディスプレイを力なく眺めた。

「北沢さんはいい人ですね。喋りやすくて、話してると気分が楽にな――」

ふいに後ろから肩を掴まれ、身体ごと振り返らされた。険しい顔で睨《にら》み据えられる。

「あいつとは絶対にふたりきりになるな」

「い、痛い、です」

肩の骨が砕けそうだ。

「誓え」

「――――」

真智は目の輪郭を歪《ゆが》めながら玖島を睨み返した。

恬淡《てんたん》としてなにを考えているのかわからない玖島が、北沢のこととなるとここまで激しい反応を示す。それがとても。

「嫌だ」

呟くと、玖島の手が憤りに震えた。真智は言葉を重ねる。

「北沢さんはSPで、俺たちを警護してくれている人です。その人と親交をもつことを、玖島さんにとやかく言われるのは納得がいきません。……警護以外のことで、命令はしないでください」

言い終わるか終わらないかのうちに、真智の身体は横に大きく投げられた。ベッドに倒れこむと、玖島が圧《の》しかかってきた。

自分の顔が赤くなるのがわかった。

玖島への想《おも》いは、完全に復活してしまっていた。

心臓がゴトゴト鳴るのがうるさい。けれども強気を装って、真智は自分のワイシャツの首元のボタンを外してみせた。

「俺がスパイか疑っているんでしたよね。ああ、だから北沢さんに近づけたくないんですか。いいですよ。いつもみたいに好きなだけ確かめて」

しかし、玖島は真智のうえから退くと、苦い声で言った。

「脱がなくていい。もう確認は不必要だ」

「……どういうことですか？」

「お前が工作員たちに襲われたことで、どういうことか確信がもてた」

もし真智がスパイなら、あんなふうに工作員……要するに味方から襲われるわけがない。あの襲撃が結果的に、真智の身の潔白を証明したというわけだ。

――そうか。もう、俺に触る必要はないのか。

どう考えても、あの行為は不審物所持の検査から逸脱していた。だからそこに玖島の想いが――それが憎しみであったとしても――あるのだと思いこんでいた。

しかしスパイでないと判明したとたん、もう触らないというのだから、自分の勘違いだったらしい。少なくとも、なにか強い気持ちが玖島のなかにあったわけではなかったのだ。

……嫌だと口走りながら、あの行為が嫌ではなかった。むしろ毎日、期待するようになっていた。玖島に全裸を晒し、身体中をまさぐられ、体内を探られる行為を。

身を起こしながら真智は呟く。

「もう本当に終わってたんだ……」

十三年前に特別な関係は終わっていた。

ただ自分の片想いだけが呼び覚まされて、そして行き場を失った。一方的に想いを告げることは可能だけれども、わずかの望みもない告白は自己満足にすぎない。

ＳＰと警護対象者という関係に不純物をもちこめば、玖島は仕事をしづらくなるだろう。場合によっては真智の担当を降りるかもしれない。

――それは嫌だ。

できる限り、一分でも長く一緒にいたい。

「……、…くっ」

苦しげな吐息が聞こえてきて、真智はもの想いから浮上する。すぐ傍《そば》で背を向けてベッドに腰掛けている玖島へと視線を向ける。

そのしっかりした項に、薄っすらと汗が滲んでいた。室内は空調がほどよく利いていて、暑くも寒くもない。

「玖島さん、どうかしましたか？」

「いや。なんでもない」

低く抑えられた声が、微妙にブレている。

「傷が痛むんですか？」

「――、薬を塗ってくる」

玖島が足許の鞄《かばん》から包帯やガーゼがはいったストックバッグを出して立ち上がろうとする。バスルームで自分で取り替えるつもりなのだろう。

真智は玖島の肘を摑んで止めた。

「手伝います。肩の後ろじゃ、自分ではやりにくいですよ」

逡巡《しゅんじゅん》したのち、玖島が「悪いが、頼む」と受け入れてくれた。

こちらに背を向けたまま、玖島がネクタイを抜いてジャケットを脱ぎ、ワイシャツのボタンを外しはじめる。ワイシャツに、巻かれている包帯が透けて見える。

上半身が露《あら》わになる。昔より厚みを増した筋肉が、入り組んだ流れを描いて浮き立っている。

背中に力が籠もっているのは、痛みのためだろう。

胸部から左肩へと巻かれている包帯をほどくのを、真智は手伝った。

わずかに血が染みたガーゼを、そっと患部から剝がす。

真智はきつく眉を歪めた。

銃創というものを見るのは初めてだった。穴を無理に縫い合わされて皮膚が引き攣《つ》れている。これではわずかに肩を動かしただけでもそうとう痛むだろう。素人目にも、とても現場復帰できる状態でないのは明らかだった。

玖島の指示どおりに、患部を消毒してから軟膏《なんこう》を塗布した新しいガーゼを宛がい、テーピングをしたうえでふたたび包帯を巻いていく。

——こんな状態なのに、戻ってきてくれたんだ……。

それが三浦真智に対する個人的な動機ではなかったとしても、感謝の気持ちがこみ上げてきた。なんとかそれを伝えたくて、北沢からアドバイスされたように言ってみた。

「玖島さんに守ってもらったお蔭で、俺は軽い打ち身だけですみました。それももう全然痛みません。ありがとうございました」

すると玖島が首を捻じり、横目でこちらをじっと見た。

泣きぼくろのある眦《まなじり》が、ふっと緩む。

「そうか。よかった」

玖島はすぐに前を向いてしまったけれども、そのやわらかな表情は真智の網膜に焼きつけられた。

もっと話しかけたいと思ったものの、これ以上はもうなにをどう喋ればいいのかわからなくて、黙々と包帯を巻き終えた。

6

『お役に立てて嬉《うれ》しいな。また玖島《くしま》攻略法をレクチャーしてあげよう』

スマホのディスプレイに表示された北沢《きたざわ》からのメッセージを見て、真智《まさと》は顔をほころばせる。

そしてすぐに『よろしくお願いします』と返信した。

すると向かいの席で食事をしている野村《のむら》が食いついてきた。

「なに、にやけてんだよ。オンナ？」

「ハズレ」

野村から席をひとつ空けて座っている桜紀子《さくらのりこ》が頬杖《ほおづえ》をついてパスタを巻きながら口を挟んできた。

「オトコだね、その顔は」

真智は思わずギクリとする。確かに北沢は男だが。

今度は桜の向かい側の席――要するに、真智のふたつ隣の席からチームリーダーの岡本《おかもと》が覗《のぞ》きこむように上体を伸ばしてきた。

「三浦《みうら》くんならより取り見取りだろうね。カノジョでもカレシでも」

「だから、そういうんじゃありませんって」

苦笑いして、真智はスマホをしまう。

今日は四人揃《そろ》って、ヒューマンサイド社地下一階にある社員食堂で昼食を取っていた。

親子丼のとろとろ半熟卵に箸《はし》を入れながら、真智は一緒に研究に取り組んできた三人にそっと目を走らせた。

――このなかに本当にスパイがいるのか？

信じたくないが、中国側に情報が流れているのは事実らしい。研究用のコンピュータは外部とは接続していないため、ハッキングのしようがない。だとすれば、やはり研究チームの誰かが情報を流していることになる。

でもそれならば、あんな強引な方法で自分が拉致されかけた理由はなんなのだろうか？

スパイがこのなかにいるのなら、わざわざ研究員を拉致する必要などない。

ＳＰ側はスパイがいるという認識なのだから、ほかの三人も日々ひそかに言動や所持品をチェックされているはずだ。それなのにいまだにスパイは特定されていない。

考えているとと頭がもやもやしてくる。

これまで研究に行き詰まったときのことを思い起こす。

一見、複雑で噛《か》み合わない要素ばかりのように感じられるとき、なにかひとつの要素が新たに加わるだけで、がらりと見えるものが変わってくるものだ。

きっといまも、なにか重要なパーツが見えていない状態なのだろう。

研究衣のポケットでスマホが短く震えた。取り出してみると、また北沢からメッセージが届いていた。

『じゃあ、ナイショのデートしよう』

玖島からは北沢とふたりきりにならないように、きつく言われている。

けれども、北沢のお蔭《かげ》で見ることができた玖島の微笑がどうしても忘れられない。

もう一度、あんなふうに微笑《ほほえ》みかけてほしい。

その方法を教えてくれる人は北沢しかいなかった。


二十四時間態勢で真智の担当SPをしている玖島の目を盗んで北沢と会うのは容易ではない。そう考えていたのだが、機会は意外と早くに訪れた。

手術の予後検査を受けるために玖島が半日、仕事を離れることになったのだ。だからその日の昼食を、北沢と外で取ることにした。外出時はふたりのSPがつく必要があるため、北沢ともうひとりのSPと出かけた。

北沢はレストランの個室を用意してくれて、もうひとりのSPは廊下での警護となった。

スペイン料理の店で、ぶ厚いオムレツや魚介類たっぷりのパエリアがあまりにも美味《おい》しくて、食べるのと喋《しゃべ》るのとで忙しい。そんな真智を眺めながら、北沢が言い当てる。

「卵が大好物だね」

真智はオムレツを頬張りながら頷《うなず》き、どうして知っているのかと瞬きで尋ねた。

「たいてい卵入りのものを注文してる」

口のなかのものを飲みこんで、苦笑いする。

「そんなに観察してたんですか」

「君には初めから目をつけていたからね」

言いながら、テーブルの向こうから北沢が手を伸ばしてきた。食べこぼしがついていたのか、口の斜め下を親指で拭われた。なんとなく避《よ》けそこなったが、同性に対してする行為ではない。男女でもかなり親しい間柄か、相手を狙っている場合だろう。

——目をつけてたって、まさか……。

北沢の甘ったるい言動の数々が思い出されて、ふいに警戒心が生まれた。まだ顎に触れている北沢の手指から逃げながら先回りしておく。

「あの、勘違いならいいんですけど、念のため。俺は北沢さんのことは、そういうふうには見てませんから」

とりあえず退いてくれればいいと思ったのだが、北沢がさらりと突いてきた。

「玖島とでないと、そういうふうにはなりたくない、かい?」

いったいこの男はどこまで察しているのだろう。緊張に顔が強張《こわば》る。

「君の反応は素直だな。すごく可愛《かわい》い」

北沢が両肘をテーブルについて、組んだ手のうえに顎を乗せた。

「でも僕が君に『目をつけていた』のは、別の意味だ」

「別の…?」

「君の頭なら、わかるだろう?」

自分に北沢から目をつけられるような、どんな要素があるというのか。北沢はSPで、玖島と親しい。けれどもその方向からでは妥当な答えが見つからない。

答えがわかりかけているときに起こる静電気を、脳のなかに感じる。

——俺の頭ならわかるって……俺の、頭?

「っ」

真智は弾《はじ》かれたように立ち上がった。反動で、椅子が後ろに引っくり返る。

「まさか、あなたは」

口のなかが急速に乾涸《ひから》びていくかのようで、声が掠《かす》れる。

「中国の工作員……」

北沢が顔に笑顔を張りつかせたまま言う。

「工作員は正解」

「それじゃあ、あなたが情報を流して——いやでも、最新データは研究員しか」

混乱して側頭部を掻《か》き毟《むし》ると、北沢が笑い声で正解を教えてきた。

「中国に情報を横流ししていたのは、野村祐平《ゆうへい》だよ」

自分の顔が引き攣《つ》れるのを真智は感じる。

「……、嘘《うそ》だ」

北沢がゆっくりと立ち上がる。

「嘘じゃない。そして僕は、中国の工作員ではない」

「え?」

「僕はロシアの工作員だ」

脳のなかでバチッとショートするような幻聴と刺激が起こる。

いったんシャットダウンされた思考回路が再起動されたとき、すっきりとすべての要素がひとつの像を結んでいた。

研究員のなかに中国のスパイがいるとわかっていながら炙《あぶ》り出されることがなかったのは、担当SPである北沢が野村を泳がせていたからだったのだ。そうすることでロシア側工作員の北沢は、まったく疑われることなく研究員たちと接触して情報収集し、拉致の機会を窺《うかが》うことができる。

……そしておそらく玖島は、北沢に疑惑の目を向けていたのだ。

北沢に近づかないようにと厳しく警告してきたのは、そのためだったのだろう。北沢に対して玖島は彼らしくない愛想を見せていたが、それは北沢を油断させるためだったに違いない。

事情を打ち明けてくれていればと思うものの、考えが顔に出てしまう真智に話すわけにはいかなかったのも理解できる。

すべてがわかったいまとなっては、まんまと嵌《は》められてここに来た自分の愚かさを痛感するばかりだった。

目の前に立った北沢が、赤茶色の眸《ひとみ》で見詰めてくる。

「プロジェクト・ルカの基盤を構築したのは君だね、三浦真智」

「……」

プロジェクト・ルカは、中国とロシアから同時に狙われていたのだ。ロシア側も中国と同じように軍事利用が目的なのだろうか。

研究内容は定期的に学会で発表し、介護用器具の実用化に必要なレベルの知識は共有されているが、利用目的が違えば、違うレベルの知識が必要となる。

それが完全に収められているのは、真智の頭のなかだけだ。

「初めから、俺がターゲットだった」

「そう。プロジェクト・ルカに関する、君の深い知識。そしてそれを生み出し得た、君の脳。どうしても手に入れたかった」

「俺は絶対に協力しません」

強い声で告げて、真智はドアへと走った。外にはもうひとりのSPが待機している。

「研究者が軽々しく『絶対に』なんて言うものではないよ」

背中にかけられる声を無視して、ドアを引き開ける。とたんに、三人の男が個室に踏みこんできた。一瞬SPかと思ったが、三人とも見覚えのない顔だった。

真智はあっという間に後ろ手に縛られ、猿轡《さるぐつわ》を噛まされた。床に引き倒されて両足首も拘束される。

「んんっ…んん！」

懸命にもがくと、首筋にチクリと痛みが起こった。

視野が急速に狭まっていくなか、北沢が仲間たちに言う。

「丁重に扱ってくれ。人の脳は、とてもとても脆《もろ》いからね」

＊

青い雪のうえにしゃがみこんでいる。ブーツの爪先がじくじくと冷たく疼《うず》く。

先輩と祭りに来たのだ。

けれども先輩は行ってしまった。あの悪辣な男が——自分の父親が、猟銃で撃ったからだ。

だから先輩は、若いエゾシカのように素早く、氷濤《ひょうとう》のあいだを駆け抜けて、逃げてしまったのだ。

逃げてくれてよかった。

そう思いながら自分の本心に気がつく。

——俺も……逃げたい。先輩と一緒に。

あの下劣な家と父親から逃げて、身軽になって、新しい人生を生きるのだ。

そうだ。そうしよう。先輩を追いかけよう。

真智は立ち上がろうとして、しかし気づく。身体《からだ》が動かない。

いつの間にか自分も小さな氷濤になってしまったようだった。

色とりどりに染まった氷濤の林。

そこで固まって蹲《うずくま》っていると、キュッ…キュッ…と雪を踏む足音が聞こえてきた。

ブーツが視界にはいってくる。

その人は真智の前で立ち止まる。

——先輩……帰って来てくれた。

一緒に逃げたいと言いたいのに、汚い自分を赦《ゆる》してほしいと頼みたいのに、先輩のことが好

きだと打ち明けたいのに、凍った口は動かない。

――先輩……先輩……。

もしもいつか動けるようになったら――――。

＊

なにか夢を見ていたらしい。目を開けたとたん、瞼《まぶた》の蓋を失って熱い涙がどっと頬に流れた。

視界が青い。

真智は狭い部屋にいた。天井には虫の複眼のように、青い光を放つ球体が並んで埋まっている。

ここはどこなのだろう。

なにも音が聞こえない。よほど静かな場所なのか、あるいはこの部屋が完全に音を遮断する造りなのか。

そう考えながら、かすかに胃にむかつきを覚える。車に酔いかけているときのような感覚だ。部屋全体が揺らめいているらしい。斜度はわずかだが、ゆっくりと定期的に……まるで波に揺られているかのように。

――船の、なか？

そうだと仮定して、どうして船に乗せられることになったのか。ここにいたるまでのことを思い出そうとする。

——北沢さんと昼食に行ったんだ。オムレツを食べて、卵が好物だと言い当てられて……それで。

北沢は、ロシアの工作員だったのだ。

そして野村は中国のスパイだった。

野村はおととし他社から引き抜きで移ってきたが、おそらく当初から中国の息がかかっていたのだろう。ＳＰが投入されなければ、野村が直接、真智のことを中国側に渡していたのかもしれない。

いまから思えば、朝食のカフェを紹介してくれたのも、真智を警護しにくい状況におびき出すためだったのだろう。

野村とは同僚の枠を超えて気の合う友人として親しんでいただけに、ショックはひとしおだった。

憤りより、自分が信じてきたものが虚像だったことへの哀《かな》しみが強い。

野村はおそらく自身のＳＰである北沢がロシアの工作員だとは知らなかったのだろう。

そして玖島はどこまで確信があったかはともかく、それらのことに見当をつけていた。だから怪我《けが》を押して早々に現場復帰し、守ってくれようとしたのだ。

それなのに自分は玖島への浮ついた気持ちを餌《えさ》にされて、北沢に釣られてしまった。

このままではプロジェクト・ルカを悪用されてしまう。

贖罪《しょくざい》のために積み重ねてきたはずの研究で、人びとを苦しめることになるのだ。

少しは人の役に立てる人間になって玖島の前に立てたのに、そうなったらもう二度と彼の顔をまともに見られない。

「そんなことになるぐらいなら…っ」

吐き捨てるように言ったつもりが、言葉にならなかった。猿轡を嚙まされていた。それを外そうとして、両手を後ろ手に拘束されていることに気づく。見下ろすと両足首も縛られていた。胴は椅子の背凭《せもた》れごとロープで何重にも巻かれている。

暴れて解けるような拘束ではない。だが真智は身体を全力で揺らした。椅子がガタンガタンと大きく左右に揺れて、ブランコの力学的エネルギーをめいっぱい増大させたのち、勢いよく引っくり返った。側頭部を強打して身体全体に痺《しび》れが拡《ひろ》がる。

「んん…」

『丁重に扱ってくれ。人の脳は、とてもとても脆いからね』

北沢の言葉が耳の奥に甦《よみがえ》る。

いつも人工脳を実験で使っているため、真智はその儚《はかな》さをよく知っている。わずかな力で崩せてしまえるのだ。そのようなものが凄《すさ》まじい量の情報伝達をおこない、身体中に信号を送る。

そして、秘密をそこに隠す。

「――……」

介護用に限定した分野でプロジェクト・ルカを押し進めるのに必要なものはすでに作り上げて公表してある。

プロジェクト・ルカの軍事利用については、今回の件が起こるまで考えたこともなかった。

そして改めてその側面から推察してみて、ある可能性に気づき、戦慄《せんりつ》を覚えたのだった。

その思いついてしまったことを、決してこの頭の外に出してはいけない。

――悪用されるぐらいなら……。

真智はきつく目を瞑《つぶ》ると、床に側頭部をゴッと打ちつけた。

そのまま何度も何度も、次第に強く叩《たた》きつけていく。

身体が跳ねて痙攣《けいれん》を起こしても、機械的に動作を繰り返す。

ドアが勢いよく開いて、北沢が飛びこんできた。彼は血相を変えて駆け寄ってくると、真智の頭を両手で挟んだ。

「なにをしているんだっ」

頭が激しく痺れて目の裏がチカチカする。

「この脳には価値があるんだ。傷つきでもしたら――」

ふと北沢が驚いたように瞬きをして左手を真智の頭の下から引き抜いた。青い光を浴びた掌《てのひら》が黒々と染まって見える。

自分の右側頭部が生ぬるく濡《ぬ》れていくのを真智は感じる。

「っ…、まさか、脳にダメージを与えるつもりだったのかっ⁉」

真智は北沢を睨《ね》め上げた。

「……なるほど。脳を利用させまいとしたわけか。――研究者のくせに非合理的で乱暴だね」

北沢がスマートフォンを取り出す。ほどなくしてレストランで拉致に加担した男のうちのひとりがはいってきて、真智の手首以外の拘束を解いて立ち上がらせた。その男と北沢に両脇から腕を支えられ、タオルで側頭部をきつく押さえられる。

おそらく縫合の必要があるぐらい傷ついているだろうから、処置できる部屋へと連れて行くのだろう。

廊下に出ると、波の音が聞こえた。潮の匂いもほのかにする。やはりここは船のなかなのだ。

脳の破壊には失敗したものの、進展は得られた。あそこですべての情報から隔絶されたまま、なす術《すべ》もなく過ごすという状況からは脱することができたのだ。

真智は船の狭い通路を歩きながら、壁に貼られた船内図パネルを確かめた。

船は小型のコンテナ船らしい。

これでロシアまで行くことはないだろう。おそらく、沖に出てからもっと大型のものに移ることになる。

真智は事務室らしき部屋に連れて行かれ、そこで北沢によって傷を検《あらた》められた。工作員ともなると自分たちで傷の処置などをすることも多いのだろう。手際よく消毒してから医療用ステープラーで傷口を留められた。

北沢の工作員仲間が時計を見ながら言う。

「予定地点までおよそ三十分だ。部屋に戻すか？」

「いや、彼はかなりやんちゃだから、ここで直接監視しておこう」

三十分後に別の船に移されるということか。その時が逃げるチャンスだ。

後ろ手に拘束された身で、複数のプロを相手に立ちまわれるほど卓越した運動能力はもち合わせていない。

しかし逃走パターンのシミュレーションはできるし、この頭の傷も利用できる。

実際に身体を動かさなくても、脳で想像するだけで命令信号は神経を走る。だから具体的なシミュレーションを繰り返すことによって、いざというときスムーズな判断と行動が可能になるのだ。

複数のシミュレーションを想定し、置かれている状況を把握して、覚悟を決めた。

海洋の真ん中での逃げ場など、ひとつしかない。

北沢のスマホが鳴り、短いやり取りで電話を切る。

真智はふたりの工作員に左右の肘を摑《つか》まれて立ち上がらされた。北沢が先導し、背後にも工作員がひとりつく。完全に四方を固められるかたちで階段を上らされて甲板へと出た。

強い風に全身を叩かれる。

空も海も黒く、重たい波の音に囲まれている。

少し離れた海上に、大型貨物船らしき影がある。推測したとおりだ。

コンテナが積まれた暗い甲板を歩かされる。小型ボートとそれを揚降する機械《ダビット》が現れた。あのボートで、あちらの船に移動するのだ。

——どのタイミングで動くかだ。

シミュレーションしたもののうち、確度の高いものを見極めなければならない。

船の欄干は低めだ。後ろ手に拘束されていても飛び越えられないことはないが、取り押さえられる可能性が高い。失敗すれば、それこそ身動きできない状態で運ばれてしまうだろう。

真智は真っ黒な夜の海を改めて見やり、かすかに身震いした。

こんな場所で海に飛びこんで逃げきる。

それは要するに、死を意味する。

自分が生きて逃げきることは不可能でも、この脳のなかにはいっているものは逃がせる。

プロジェクト・ルカを穢《けが》されることなく、護《まも》り抜くことができるのだ。

生きて向こうの手に落ちれば、薬物でも使われてしまえば、それまでだ。向こうが手段を選ばないならば、こちらも保身を捨てざるを得ない。

真智は四人に囲まれたまま、ダビットに用意された小型ボートに乗った。ワイヤーで吊《つ》るされて、そのまま甲板から海面へと降ろされるのだ。ダビットが動きだし、ボートが浮き上がって海上へと突き出されていく。

「う…」

真智は呻《うめ》きながら上半身を深く前に倒した。

「頭が——うぇ…う」

怪我《けが》をした頭が痛むように装いながら激しくえずき、ボートの縁から頭を出すと、肘を摑んでいる左右の男たちの手がわずかに緩んだ。

真智はそのまま、でんぐり返しをするように空中へと身体を転がした。

男たちが口ぐちに怒鳴り声をあげながら真智を捕らえようと手を伸ばす。ふくらはぎを摑まれた。

——失敗した…っ。

失望が襲いかかってこようとしたときだった。

まるで大気を小刻みに切り裂くような音があたりに響いた。

男たちの意識がほんの一瞬、そちらに割かれる。

真智は力の限りもがいた。脚を摑んでいた手がほどける。

なにも留《とど》めるものがなくなり、真智は水面がどこにあるのかすらわからない黒一色のなかを落下していく。

この船はこんなに高さがあったのだろうか。このままどこにも着かないのではないかという疑いが生じはじめたころ、凄まじい衝撃を後頭部と背中に覚えた。

意識が揺らぎかける。

ずぶずぶと吸いこまれるように海に沈んでいきながら、真智は不思議なものを見ていた。

海面に巨大な——とても巨大な太陽が浮かんでいる。

足掻《あが》くことなく沈んでいきながら、これが自分が見る最後のものになるのだと真智は思う。

——できれば……。

できればもう一度、玖島の顔を見たかった。

けれども、十三年の歳月を経て再会できたのだから、それで充分だと思うことにする。

せめて瞼に焼きついている玖島の姿を見ようと、目を閉じかけ——瞬きをする。

海面の眩《まぶ》しい円のなかに、ふたつの人影が生まれたのだ。

それがぐんぐんと近づいてくる。

——追手だっ！

絶対に生きて捕まるわけにはいかない。

あるだけの力で水を蹴りながら、懸命に水面から遠ざかろうとする。しかし腕を使えずに水圧に阻まれて、思うように進めない。振り返ると人影がひとつになっていた。

右足首を摑まれた瞬間、真智は口から気泡を吹いた。肺のなかが空になるように、すべてを吐ききる。

いざとなったら怖くてできないかもしれないと思ったけれど、シミュレーションどおりにできて安堵《あんど》する。

これで自分の脳を封鎖することができる。

目を閉じる。海水が口に流れこんでくる……。

そのはずなのに、なぜか水の代わりに空気が気道を流れた。

「ん…」

唇を唇で潰されていることに気づく。

鼻をきつく摘まれて、人工呼吸のように空気を送りこまれている。

唇を外そうとするけれども、もうその余力はなかった。されるままに唇を奪われつづけているうちに、浮遊感が起こり、頭の芯が痺れる。

ようやく唇が離れて、真智は激しく噎《む》せた。

肺にどんどん空気がはいってくる。いつの間にか、波のうえに顔が出ていた。

とても眩しい。頭上からスポットライトのように照らされていて、その光の中央に浮かんでいた。

水と光で霞《かす》む視界のなか、泣きぼくろのある黒い目がすぐ間近にあり、自分を見詰めている。

「――――先輩……？」

玖島が、なぜここにいるのか。

呆然《ぼうぜん》と見詰めていると、きつく抱き締められた。頬と頬が互い違いにくっついて、耳元で苦しみを吐露するように言われる。

「お前は相変わらず……バカだ」

密着している玖島の身体から次第に力が抜けていく。様子がおかしい。いまにも沈んでしまいそうだ。その身体を支えたいけれども、手は後ろで拘束されたままだ。

「先輩、先輩っ！　俺に抱きついてください…っ」

怒鳴ると、玖島が縋《すが》るように抱きついてくれた。

真智はサーチライトで夜の海を丸く照らしているヘリコプターを見上げる。あれが玖島を運んできてくれたのだろう。その機体から二本のワイヤーが垂らされ、それぞれを降下してくる人影が見えた。

救助されてヘリコプターへと吊り上げられながら、真智は改めてあたりを見回した。

ほかにも二機のヘリコプターが滞空して、逃げようとしている二艘《そう》の船をサーチライトで捉えている。

向こうから新たに近づいてきている船は、巡視船だろうか。

はるか東のほうに、薄《う》っすらと青い水平線が生まれかけていた。

7

ＳＰとともにホテルから出社し、深夜まで仕事をして、またＳＰの運転する車でホテルへと戻る。その生活は相変わらず続いていた。

海上まで拉致されて玖島《くしま》に命を救われてから、一ヶ月が過ぎた。

あの日から玖島とは会っていない。

ヘリコプターに回収されたとき、玖島の肩の後ろの銃創は無残に開き、さらに大きく裂けてしまっていた。どうやら彼は真智《まさと》が海に飛びこんだ直後に、ヘリコプターからじかに飛び降りたらしい。そうして真智を追ってきた工作員と水中で格闘したのち、真智を水面に引き上げてくれたのだった。

玖島は機内で応急処置を受けたものの失血が酷《ひど》く、意識を失ったまま病院へと運ばれた。真智は付き添いたいと訴えたが、許されなかった。

ＳＰが警護対象者のために身体を張るのは当然のことで、それを警護対象者が気に病む必要はないと、ヘリコプターに乗っていた警視庁の警察官から言われた。

傍から見れば、自分たちの関係はSPと警護対象者にしかすぎない。

でも本当は違うのだ。

少なくとも違うと、真智は信じていたが。

――違うと思ってたのは、俺だけだったのかな……。

玖島の同僚SPから、再手術も無事に終えてすでに退院したと聞かされている。それなのに、玖島は戻ってこない。

北沢《きたざわ》と野村《のむら》を排除したことで、とりあえず今回の警護の最大の山場は越えた。いまも引きつづき警護下にあるものの、緊急性はない状態になった。

警護の重要度が低くなったから、玖島はもうこの現場には戻らないのか。このまま自分の前からふたたび消えてしまうつもりなのか。

だとしたら、自分は本当にただの警護対象者でしかなかったことになる。

ホテルへと戻る車の後部座席から夜の街を見るともなく眺めながら、呟《つぶや》く。

「まだ、言えてない……」

そう呟いてから、玖島になにを言いたいのかと自問する。

なにか大切なことを玖島に伝えなければならないという焦燥感がある。玖島と逢《あ》えたら思い出せそうな気がするのだけれども。

でももう逢えないのだとしたら、思い出せないまま、自分の胸のなかに溶けない氷濤のように佇《たたず》みつづけるのだろうか。

——氷濤……。

記憶を刺激される。

自分が氷濤と化して、玖島に言いたいことを言えないでいる……そんなヴィジョンがちらちらと脳裏を揺らめく。

あれは夢だっただろうか。

青い雪の夢だった気がする。

雪のうえでしゃがみこんで動けなくなって、玖島が戻ってきて。いや、それは祭りの日に現実にあったことか。

思い出そうとすると、意識がもつれる。

横のウィンドウを下げて、頭をすっきりさせようと夜風を入れる。ホテル近くの十字路で、車が赤信号に捕まった。

窓から少し頭を出してホテル正面のカフェを見やると、気持ちが重たくなった。

野村は自分を陥れようとして、あそこへと誘いだしたのだ。

岡本《おかもと》と桜《さくら》の話によれば、公安警察が会社に来て、野村を連行したそうだ。

しかしいまでも、やはり野村を裏切り者だと憎む気持ちにはなれない。

ただ、野村の裏切りと自分の浅はかさのせいで、玖島は深手を負った。それについては深い憤りが湧き起こる。

苦い気持ちで、襲撃を受けた歩道橋を見上げた。

「……」

瞬きをする。

もう一度瞬きをしてから、真智は震える手でドアを押し開けた。

ＳＰの制止する声を無視して、歩道橋へと全力疾走する。階段を二段抜かしで駆け上がっていくと横断歩道の中央に佇んでいた人が真智に気づいて、走り寄ってきてくれる。

階段を上りきったとき、目の前に玖島がいた。

「先輩！」

抱きつくのはおかしいと思ったが、そうせずにはいられなかった。

しかし抱きつくより先に、長くて強い腕に抱きこまれた。

自分から勢いよく向かっていったにもかかわらず、真智は動顚《どうてん》してしまう。

玖島がこんなふうに激しく抱擁してくれるなど、想定外すぎた。それで棒立ちになっていると、玖島が「すまなかった。つい」と言いながら身体を離そうとした。

今度は真智のほうから慌てて抱きつく。

なにやらうまく嚙み合わない抱擁ののち、半歩距離を置いて真智は玖島を見上げた。

「ここでも海でも、助けてもらいました。本当にありがとうございました。あの、傷のほうは……」

「ああ。今度こそきちんと塞《ふさ》がった」

玖島が左腕を綺麗《きれい》に回してみせる。

「手術後に痺れがあって、なかなか現場に戻してもらえなかったが、それもほぼ消えた」

「そうですか……よかった。よかったです」

涙ぐみながら、真智は自然と思い出すことができていた。

自分が玖島に伝えたかった大切なことがなんだったかを。

また忘れてしまわないうちに伝えたくて、真智は意気込んで切り出した。

「どうしても話したいことがあるんです。聞いてもらえますか？」

すると玖島が視線を真智の背後に流してから耳打ちしてきた。

「部屋に戻ってからにしないと、俺の同僚が困ってる」

言われて振り返ると、なんとも言えない微妙な表情をしたＳＰが階段の途中から自分たちを目視していた。

シャワーを浴び終えてＴシャツとスウェットパンツを身に着けながら、真智は耳を澄ました。

ホテルの部屋にはいってすぐ、玖島に想いを伝えようとしたが、担当ＳＰから仕事の引き継ぎの相談があるからとバスルームに追いやられたのだった。そろそろ話は終わっただろうか。

しかし考えてみれば、SPと警護対象者が抱擁する関係にあるのは、どう考えても好ましくない。引き継ぎ拒否をされはしないかと、真智はやきもきしていた。

サニタリールームのドアを細く開けて様子を窺う。ちょうど担当SPが窓辺のチェアセットから立ち上がるところだった。彼はドアへと向かいながら呆《あき》れ果てたように玖島に言葉を投げた。

「ゴリ押しばっかりしやがって」

「すまない」

玖島が椅子から立ち上がって頭を下げると、同僚SPが破顔した。

「お前がそんなに感情的な奴《やつ》だったとは知らなかったよ。今度ゆっくり呑《の》もうぜ」

SPが出て行ったのと同時に、玖島が「もういいぞ」と声をかけてきた。覗き見していることを、しっかり見破られていた。

真智は濡れ髪の側頭部を掻きながらサニタリールームを出た。

「迷惑をかけてすみません」

椅子に玖島がふたたび腰を下ろす。

「三浦は悪くない」

玖島が背筋を綺麗に立て、傍《そば》に立つ真智を見上げる。

「それで、話というのはなんだ？」

シャワーを浴びながら胸で繰り返していたから内容はしっかりと覚えているものの、改めて口にしようとすると唐突すぎる気がした。

――でも、どうしても伝えたい。伝えないといけない。

「先輩」

そう呼びかけてから「いいえ、玖島さん」と言いなおすと、玖島が「先輩のほうがしっくりくる」と言ってくれた。

ひとつ深呼吸してから、話しだす。

「俺は中学二年のときに大会に出てる先輩を見て、ひと目で憧れました。だから先輩のいる高校にはいったんです。近くで先輩を見られるのが嬉しくて朝練の前の走りこみにくっついていって迷惑をかけましたよね」

懐かしさに苦さが混入する。

「……先輩が、俺の家で暮らすようになって……、先輩にとっては嫌な思い出しかなかったでしょう。でも、俺は一緒にいられて、嬉しかったんです」

もう玖島の顔を正視できなくて、目を伏せて声を押し出す。

「好き、だったから」

耳の奥も喉の奥もドクドクしている。

「恋愛という意味で、好きでした。……すみません」

俯《うつむ》く視界のなか、玖島の手が伸びてきて手首を握られた。

「どうして謝る？」

「だって——、俺はすぐに念書を破棄しないで、先輩を見殺しにしました。自分が一緒にいたいからって。俺はすごく汚くて、そんな自分を先輩に見られたくなくて——」

手首を握っていた手がゆっくり肘へと、そして肩へと伝いのぼる。項《うなじ》を包まれた。下へと引き寄せられて、真智は背中を丸める。

玖島が仰向《あおむ》く。

顔がどこまでも近づいて——、唇を温かな重みに潰された。

真智は目を見開き、しかしすぐに甘い痺れが身体中にどっと拡がって瞼を閉じた。玖島の唇がわずかに蠢《うごめ》く。それだけで頭の奥がチカチカと明滅する。

——……どう、して。

どうして玖島はこんなことをしているのだろう？

この唇を感じるのは二度目だ。でもいまは海で窒息しかけてはいない。これではまるで、キスのためのキスのようで。

自分の唇がみっともなく震えているのがわかった。

顔がわずかに離れる。おそるおそる目を開けると、泣きぼくろのある目に下から覗きこまれていた。

「俺はまだお前のものだ」

言われた意味がわからなくて瞬きをすると、玖島が自嘲《じちょう》するような表情を浮かべた。

「卒業式にお前がくれたプレゼントを、俺はいまもそのままもってる」

「え…、あの、念書を？」

玖島が頷く。

「もう二度と会わないだろうと思っていたのに、お前のものでいるのをやめられなかったんだ」

「――――」

瞬きをしたら、目から涙がぽろりと零《こぼ》れた。二十九歳の男がこんな泣き方をするのは、みっともない。だから止めようとするのに、瞬きをするたびに新たな涙が弾き出される。

なんの涙なのかもよくわからない。ただひたすら感情が爆発を繰り返している。息をするのもつらい。

――まだ本当に伝えたかったことまで言えてない……。

けれども言葉を続けるのは難しかった。

鼻を啜《すす》りあげると、玖島が椅子から立ち上がった。

涙まみれの頬を掌で撫《な》でられる。顔を両手で挟まれて、またキスをされる。重なる顔の角度が変わって自然に唇を開くと舌がはいってきた。舌先を舐《な》められて、身体が大袈裟《おおげさ》なほどビクッと跳ねる。

キスをこんなにいやらしい行為だと感じるのは初めてで、対処できない。口のなかに玖島の舌があるだけで腰が砕けそうになる。

粘膜を激しく捏《こ》ねられる感触に、頭が朦朧《もうろう》とする。

「ん…ん…ぁ、…ふ」

——こんなキスを……する人だったんだ……。

自分の知っている玖島は厳しすぎるほど自制心が強くて寡黙だった。その彼のなかに、こんなにも感情的で雄弁な面が隠されていたのだ。

腰が甘ったるい重さに沈み、膝が笑う。

キスをしたまま腰を支えられてベッドに座らされた。背骨を立てられなくて、そのまま仰向けに倒れこむ。一瞬、舌が抜けかけたけれども、すぐに喉奥まで侵入してきた。

恥ずかしいぐらい口のなかがびしょびしょで、唇の端から唾液が流れ出る。しかし、濡れそぼっているのはそこだけではなかった。

スウェットパンツのウエストから手を差しこまれる感触に、真智は慌てて玖島の手首を摑んだ。

「や…」

ぐしょ濡れになって突っ張っている下着の前を指でなぞられる。

口から舌を抜いた玖島が、真智の下腹部へと視線を流し下ろした。真智も釣られて自分の身体を見下ろす。大きく伸ばされたスウェットの隙間から下着の様子が見える。青いボクサーブリーフの前は粗相でもしたみたいに濃く変色していた。

下着のウエストをもち上げるように引っ張られると、真っ赤に腫れた亀頭が現れた。もがき出るように、ペニスがみずから下着を押し下げる。

スウェットの前も下ろされて完全に剝《む》き出しになったものが、玖島に見詰められるだけで身をくねらせ、先端から透明な蜜を漏らす。

玖島には何度も体内を調べられて強制的に快楽を与えられたけれども、その時よりも格段に恥ずかしい。身体が芯から煮えている。

それなのに玖島が身体を下にずらして、床に膝をついた。真智の開いた脚のあいだに座るかたちになる。間近から陰茎を眺められて——。

「…あ、っ」

赤い先端に唇を被《かぶ》せられて、真智は全身を硬直させた。

自分の目で見ているのに玖島のしている行為が信じられない。まるで飴玉《あめだま》を舐めるように、亀頭を舌で擦《こす》られている。ベッドから垂れている膝から下がビクビクと跳ねる。

「先輩、に、こんなこと、させられ……っ…」

茎までぬぷりと口腔《こうこう》に含まれて、言葉も出なくなる。

あの玖島敬《たかし》が男のものを——自分のものを頬張る姿は暴力的なまでの刺激だった。汚してはいけないものを汚している気がする。それでいて、自分がこういうことを渇望していたのだと思い知らされて、胸がヒリつく。

震える手を伸ばして玖島の額を押す。

「もう……出ます」

口を外させようとするのに、玖島が上目遣いで見てきた。……かつて、玖島が全裸で足許に跪《ひざまず》いて犬のマネをしたときに覚えた、罪悪感と恍惚感《こうこつかん》。それとよく似たものが胸に満ちる。

泣きぼくろのある目許が、くっと歪《ゆが》む。

白濁が、ペニスを咥《くわ》えている唇の輪から滲《にじ》み出るように溢《あふ》れた。茎を口から抜くと、玖島が喉仏を大きく蠢《うごめ》かした。その姿に、真智のものは残滓《ざんし》にしては量のある精液をとろりと漏らす。

玖島が立ち上がりながらジャケットの内ポケットから避妊具のパッケージを出して、ベッドのうえに置いた。これ以上のことをするという宣言だ。

黙々と服を脱いでいく玖島の手の甲を見る。そこには腱《けん》が強く浮き出ていた。年甲斐《としがい》もなく緊張しているのは玖島も同じなのだ。真智は上体を起こすと、Tシャツをもがき脱ぎ、半端に下ろされたままのスウェットパンツと下着を脚から抜いた。

玖島のほうを見ると、黒いローライズボクサーだけ身に着けた姿になっていた。その横から見た下腹部に目を奪われる。そこは大きく盛り上がり、ウエストから濡れた大きな切っ先が溢れ出ていた。

顔は熱いのに、頭から血の気が引いていくかのような、おかしな感覚に陥る。

下着が下ろされ、長い屹立《きつりつ》が付け根から大きく弾む。同性とはいえ直視できなくて目を逸《そ》らすと、玖島の左肩の後ろが見えた。

大きく引き攣れた銃創の痕。

玖島の美しい背中の片隅にかかった、蜘蛛《くも》の巣のように見える。

再手術後に痺れがあったと言っていたが、いまでも万全ではないのかもしれない。玖島が左腕をわずかに振るい、左の手指を開いて閉じる動きをした。

胸が激しく軋《きし》んだ。

――俺のせいで……。

自分のせいで玖島がどんどん傷ついていく。

もしかするとこれからも、そうなのかもしれない。

差し迫った危機は回避できたけれども、根本的な問題が解決したわけではない。

ベッドに乗ってきた玖島に抱き寄せられて、思わず退ける仕種《しぐさ》をしてしまう。

「嫌なのか？」

尋ねられて、慌てて首を横に振る。

「違います。ただ…」

眉間に深く皺《しわ》を刻んだまま、正直な気持ちを打ち明けた。

「俺の警護を続ければ、先輩がまた傷つくかもしれない。それどころか命を落とさないとも限らない」

「それでかまわない」

「かまわなくありません。俺は嫌です」

真智は玖島の左肩の後ろに手を伸ばす。

「俺はこんな傷を、先輩につけたくなかった」

傷痕に指先で触れると、玖島がわずかに唇をめくるように開いた。罪悪感を覚えているはずなのに、真智はその表情のなまめかしさにぞくりとさせられる。

色情をこらえるような顔と声で、玖島に告げられる。

「お前のためなら、疵物《きずもの》になりたい」

「――」

鳥肌が立ち、胸のうちが焼けつく。

憧れの人の正体を、ようやく摑みかけている気がした。見た目の整然とした様子とは裏腹に、どろりとした深い情動をかかえた人なのだ。

それをもっと感じたくて、真智は玖島の唇に、自分から唇をきつく押し当てる。そうして、その下腹部へと手を伸ばす。欲望がかたちになってそのまま凝《こご》ったかのように、それは鉱物みたいに硬い。掌にドクドクと脈動が伝わってくる。

こうして触れているだけで、真智の性器もまた腫れぼったくなっていく。

自然と欲望がこみ上げてきて、つい異性相手にそうするように、体重をかけて押し倒してしまった。

自分の下に大きな男の裸が横たわっているのは奇妙な感じがする。けれども、玖島を満足させたい、気持ちよくさせたいという想いは明確にある。……男の性器を体内に挿《い》れるというのは未知の経験でさすがに緊張するが、玖島との深い行為を渇望している。

起き上がろうとする玖島を制する。

「腕に負担をかけないほうがいいです」

玖島が頬を緩めて、真智の臀部《でんぶ》へと手を滑らせる。丸みを辿《たど》り、狭間《はざま》へと指がはいりこむ。

「三浦《みうら》が乗ってくれるのか？」

「…っ」

窄《すぼ》まりを指の腹で捏ねられると、それだけで会陰部が波打つ。馴染《なじ》んだ男の指に襞《ひだ》がヒクつきだす。そのなかに指先をクッと挿れられて、真智はペニスを玖島の締まった腹部へと擦りつけた。

「ああ」

いったん指を抜かれて、ぬるつく避妊具を被せた指二本を体内に送りこまれる。感じる場所をさんざん教えこんだのは玖島なのに、わざとそこを外して体内を掻き乱されて、焦《じ》らされた内壁が貪欲に指をしゃぶりだす。そのうねりから指を勢いよく引き抜かれて身体が引き攣る。

痺れている脚の狭間を指が這いまわり——今度は三本の指を咥えさせられた。ねっとりとした動きで付け根まで挿れたのち、臀部を立ててつづけに叩《たた》かれた。

「う…あ、あっ…ぁ」

指が届いていない身体の奥がヒクヒクする。

「や——これ、じゃ、…俺」

また自分だけイかされそうになって、真智はもがきながら身体をずり上げ、なんとか指から逃れた。

玖島の首筋に顔を埋《うず》めてハアハアと息をしていると、耳元で訊《き》かれた。

「もう無理か?」

まだ自分からなにもできていない。

真智は首を横に振ると、ぎこちない動きで玖島の腰を跨《また》ぐかたちで膝立ちした。

新しいパッケージを開けて薄いゴムを取り出す。それを鉱物でしつらえられたようになっている玖島のものに被せる。その体積と剛《つよ》さに改めて怖さを覚えたが、腹の奥のほうにもどかしい疼きを感じてもいた。

片膝を立てて、握ったペニスを脚の奥に宛がう。しかし腰を下ろそうとすると、咥えきれなくてずるりと逸れてしまう。何度も失敗して困り果てると、玖島が手を伸ばしてきて真智の後孔を指先でぐっと開いた。

結合する瞬間を玖島に見据えられていることにたまらない恥ずかしさを覚えながらも、真智は口を開かされている孔《あな》に玖島の先端をくっつける。

「あ」

指とはまったく違う質感のものが、粘膜に食いこんでくる。

「あぁ、ぅ」

泣きかけのような声が口をついて出る。

なんとか括《くび》れまで体内に含む。

「――…う…っ、く」

その状態で動けなくなってしまった。浅い場所が拡がりきっているのがつらい。困窮していると、玖島に腰を摑まれた。

「三浦、支えてるから脚の力を抜いてみろ」

そんなことはとてもできないと思ったけれども、ふと高校の剣道部でのことが甦《よみがえ》ってきた。

玖島はいつも的確なアドバイスをくれて、彼の言うとおりにするとうまくいったものだ。

その信頼感もあり、真智はひとつ大きく息を吐いてから、玖島に身を委《ゆだ》ねるように力を抜いた。自重で身体がゆっくりと沈んでいく。

「…ふ、あ、っ、ぁぁ」

「大丈夫だ。そのまま」

指では届かなかった深部まで、みっしりと内側から圧《お》し潰される。そうしてついに、玖島の腰のうえに完全に座りこむ。根元まで繋《つな》がっていた。

震えながら、真智は感嘆のまなざしを玖島に向けた。

「すごい、です」

腹筋が小刻みにわななく。

「……先輩、の、深くまで——え、ぁ」

内側から身体を揺さぶられる感覚に、真智は玖島の腹部に手をついた。揺れが次第に、下から突き上げるものになっていく。

真智は両膝を立てて足の裏でシーツを踏み締め、初めての行為に耐える。痛みよりも身体のなかを拓《ひら》かれている違和感が凄まじい。

揺れる視界で、玖島を見下ろし——とたんに、身体の内側にも外側にも鳥肌がたつような感覚が起こった。

自分の下で、あの玖島敬が淫らに腰を遣っている。

少しつらそうに眉根を寄せて、いつもとは違う攻撃的な光を目に浮かべている。それでいて

口許には快楽の緩みがある。腰を突き上げるたびに、鍛えられた肉体が波打つように筋肉を浮き上がらせる。

玖島のセックスする姿を目の当たりにしている衝撃のせいで、痛みも違和感も吹き飛んでしまっていた。

――先輩……やらしい。

そして、そのいやらしさに内壁がわなないた。するとそれを性器で感じた玖島が「う…」と呻《うめ》き、自制を忘れたように荒々しく腰を振った。

歪められた内壁を激しく擦られて、真智は啜《すす》り泣くような声をたててしまう。

すると玖島が我に返ったように動きを緩めた。

「すまない、三浦」

謝りながらもその視線は、真智の身体中をねっとりと這いまわる。

同居していた九ヶ月のあいだ、何度も玖島の前で全裸になった。その時はまともに玖島のほうを見られなかったけれども、もしかするとこんなまなざしで見てくれていたのだろうか。

玖島に見詰められて、根元から揺れる茎が露骨に角度を変えた。少し強く突き上げられると、先端から透明な蜜が漏れだす。

いたたまれなくなって性器を手で握って隠そうとすると、その手を玖島に摑まれた。

玖島の視線が身体を這い登ってきて、視線が重なる。

「お前の、こういう姿を想像してた」

「え？」

「お前の隣の部屋で」

「……、……高校の、とき？」

玖島が苦笑するように顔を歪めた。

「お前に惨めな姿を晒《さら》して、お前の裸を見せられて、鬱屈しながら興奮してた」

打ち明けられて、喜びがこみ上げてきた。

——先輩も……そうだったんだ。

あの頃、自分と同じように、玖島も膨れ上がっていく不純なものに悩まされていたのだ。壁一枚隔てて、それを処理していたのだろうか。

向かい合って、ふたりとも……。

「…ん、っ」

想像したとたん強烈な痺れに全身を包まれて、真智は身体を強張《こわば》らせた。

その痺れのなかから、どろりとした快楽が起《た》ち上がる。男を含んでいる粘膜が甘い疼痛《とうつう》にわななきだす。

「く、…三浦」

玖島がきつく目を眇《すが》める。

極限まで筋肉を盛り上がらせた男を、真智は恍惚となりながら眺める。普段は泣きぼくろだけに凝縮されている淫らな瑕疵《かし》が、いまはもう玖島の全身にまで拡がっていた。

短い呻きを重ねながら、玖島が腰を跳ね上げるように遣う。

「っ、う…っ、…、っ」

呻きと躍動がどんどん小刻みに、あられもなくなっていく。

自分の身体で、玖島がここまで余裕のない姿を晒してくれているのだ。肉体だけでなく脳の内側までジンジンと痺れて、真智の内壁は狭まりきる。

「っ、あ――」

玖島が表面的な動きをぴたりと止めた。

「――く」

体内でペニスが激しく震えながら爆《は》ぜるのを感じて、真智は強張る男の腹部へとほの白い粘液を散らしていく。

脇腹を摑み支えてくれていた手指から力が抜けた。

上体が前に深く傾《かし》いで、唇が重なる。

まだ痙攣が鎮まらない身体を蠢かして繋がりを抜こうとすると、玖島に腰を抱かれて押し留められた。本当はもうしばらくこのままでいたかったから、真智は甘い吐息を漏らす。

玖島の顔を間近で眺める。

「先輩……」

「ん？」

深く酔ったような表情で玖島が喉を鳴らして答える。

「もしかしたら……高校のときも、こんなふうになれたのかなと、思って」

そうだとしたら、とてももったいないことをした気がする。

少し考える間があってから玖島が言う。

「――それは、きっとできなかった」

「どうしてですか？」

「お前が白すぎて、怖かった」

重なっている自分と玖島の肌の色を、真智は見る。すると玖島が笑いに喉を震わせた。

「確かに肌も白いが、それだけの意味じゃない」

「わかりません」

「……お前の父親は悪辣だった。それなのにお前は心も身体も透けそうなぐらい白くて健やかだった。それが不思議で仕方なかった。俺はそんなお前にドロドロした欲望をもっていたが、同時に汚して濁らせてしまうのがとても怖かったんだ」

「先輩の勘違いです。俺はそんな、いい人間じゃない」

「いや。いい奴だ。バカだと思うぐらい」

「バカって。そういえば海で助けてくれたときも、相変わらずバカだとか言ってましたよね」

いくらか憤慨しながら真智は上体を起こし——腹部に鈍痛と違和感を覚えて呻いた。まだ玖島のものがはいったままだったのを思い出す。

玖島が笑いを噛んで、追いかけるように身体を起こした。顔を覗きこまれる。

「俺を逃がして、あの父親に相当責めたてられただろう。それに今回も、自分の命を犠牲にして片をつけようとしたんだろう。——あんなバカなことは、二度とするな」

黒い眸が眩しがるように見詰めてくる。

「どうしてお前は、そんなふうにいられるんだ?」

「……」

玖島は絶対に買いかぶりすぎていると思う。

それでももし、少しでも玖島の目によい人間として映っているのだとしたら。

「先輩のお蔭《かげ》です」

「——俺の?」

「大会で先輩を初めて見た少し前に、母が男と消えたんです。それで体調もおかしくなってて……。でも先輩の試合を見て、あんなふうに綺麗なブレない軸をもちたいと思ったんです」

もしも玖島敬という存在を知らずにいたら、自分は父の色に染まっていたのかもしれない。

そうしたら、ただ人を食い潰すだけの人生を送ったのだろう。

玖島が複雑な顔つきになる。

「それなのに俺は、お前を置いていったのか…」

その言葉に真智は頭を横に振る。

「違います。先輩が逃げてくれたから、俺も逃げ出すことができたんです」

このことを、どうしても伝えたかったのだ。

「先輩と一緒に逃げたかったけど、あの時の俺にはまだその勇気はなくて——でも動けるようになったら、またいつか先輩と一緒にいたいって……あんなかたちじゃなく、一緒にいたいって」

決して叶《かな》うことのない夢だと思っていた。だから胸のなか深くに仕舞いこんで、その夢を忘れようとしながら生きてきた。

玖島が目を閉じて、真智の額に額をくっつけてきた。

長い沈黙ののち、かすかに震える溜《た》め息をついてから、玖島が瞼を上げる。

その眸には涙の膜が張っていた。

「俺もお前と一緒にいたかった。お前と一緒に逃げたかった」

「————」

息をするだけで胸が痛い。

すぐ近くにあるはずの玖島の顔が涙でぼやけて見えない。

「──みっともないな」

目を拭おうとすると、先に玖島の親指が睫毛《まつげ》を撫でてくれた。

両目の涙を拭われて、視界が晴れる。

そして真智は息を呑む。

玖島が甘くて深い笑みを浮かべて、一心に自分のことを見詰めていた。

疵物の愛

プロローグ

玖島敬《くしまたかし》は軽くシャワーを浴びると、シャツとスラックスを身に着け、ショルダーホルスターをつけてそれに銃を収めた。

サニタリールームを出て、セミダブルのベッドがふたつ並んでいる部屋へと戻る。片方のベッドは整えられたままで、もう片方だけが昨夜の激しい行為にひどく乱れていた。

その乱れたほうのベッドの縁に腰を下ろして、眠りこけている男を眺める。

三浦真智《みうらまさと》。

かつての高校の後輩であり、いまはSPとして警護している対象者だ。

十五歳のころの真智はかなり中性的で、美少女にも見えるような愛らしい外見をしていた。透けるような肌に淡い色の髪と眸《ひとみ》、すんなりとした身体《からだ》つきをしていて、入学式から目を引く存在だった。玖島の周りでは男女問わず、真智のことを「姫」と呼ぶ者もいたほどだ。

あれから十三年。

こうして改めて観察すると、瞑《つぶ》った瞼《まぶた》の縁に生えそろった睫毛《まつげ》は長く、力なく緩んでいる唇はふっくらとしている。輪郭は滑らかながらもしっかりしていて、中性的な華やかさを温存しつつも、男として成長しきり、女性がいかにも好みそうな王子様ぶりだ。

……しかもこの綺麗《きれい》な肉体のなかには、海外から狙われるほどの頭脳がはいっているのだ。

真智の家で同居していたころに家庭教師をして、理数系のセンスがあるのはわかっていたけれども、まさか研究者になるとは思ってもいなかった。

わかりやすすぎるぐらい感情が表に出るタイプで、なにかを一心に探究するよりも、人と交わって生きるほうが本質的に向いているように感じられた。

その本質から外れるほど大きななにかが、真智のなかであったということだろう。

そんなことを考えながら見詰めていると、長い睫毛が震えて、その下からアッシュグレーの眸が現れた。

しばしぼんやり玖島を見上げてから、真智が夢から覚めたような瞬きをして、それでいてまだ夢を見ているかのように笑いかけてくる。

それは初めて会ったばかりのころの真智を彷彿《ほうふつ》とさせるもので。

微笑を返しながら、玖島は思う。

真智が目の前に現れなければよかったと、何度思ったことだろう。

1

一級建築士である父が設計した落ち着いた佇《たたず》まいの家、そしてそこにふさわしいまともすぎるほどまともな家族のなかで、玖島は生まれ育った。母はおっとりとした専業主婦で、二歳年上の姉は弟の面倒見がよく、それもあってか姉の夢はずっと保育士になることだった。

そして玖島は、その家庭にぴったりと嵌《は》まるピースになるように育った。

小学生のころから剣道に打ちこみ、大会で入賞するたびに母が甘納豆の赤飯を炊いてくれた。常に学級委員や剣道部の主将などを務めていたせいもあってか、女子から告白されることは多かった。本格的に恋人と呼べる存在ができたのは高校に上がってからで、剣道大会で顔馴染《なじ》みだった他校のおない年の子だった。

彼女は健やかを絵に描いたような明るい少女で、玖島の姉ともすぐに打ち解けた。両親も彼女のことを気に入っていた。高校生ながら、そのうち彼女と結婚するのかもしれないと思っていた。

そうすれば、なめらかに日々は回っていくのだろう。

それになにひとつ疑問を感じていなかった。

……三浦真智が現れるまでは。

真智が初めて視界にはいってきたのは、入学式の日だった。新入生の群れのなかに、ひと際目立つ綺麗な子がいたのだ。女の子かと思ったが、着ていたのは学ランだった。その淡い色の眸がなにかを探すようにあたりを見回し、玖島と遠目に視線が繋《つな》がったとたん、目を大きく見開いて、それから慌てて顔を背けた。

真智のことはすぐに玖島のクラスでも話題になり、女子たちはファンクラブを作ろうと盛り上がっていた。けれども結局、ファンクラブができることはなかった。真智の父親が、悪質な闇金業者らしいという噂《うわさ》が流れたからだ。

その噂をわざわざ確かめる気もなかったが、自分とは異質なのだというレッテルを、ひそかに貼ったように思う。

しかし、三浦真智はまるで玖島の世界に割りこむかのように、今度はすぐ目の前に現れた。

「一年A組の三浦真智、入部希望ですっ。よろしくお願いします!」

部活中、真智の視線を頻繁に感じたけれども、玖島はあえて視線を返すことはしなかった。それでも剣道のことについて質問されれば、答えないわけにはいかない。真智が真剣に剣道に取り組んで、習得したがっているのは伝わってきたから、なおさらだった。

「三浦はお前のマネっこ、すげぇな。下手だけど」

ある日、副主将でどっしりとした身体つきの坂本《さかもと》が肘でつついてきながら、ふざけて言った。

「三浦が女子じゃなくて残念だったなぁ」

その時、胸のあたりになにかがつっかえたような、嫌なものを覚えた。

――近づかないほうがいい。

それで距離を置こうと思ったのだが、しかし真智が朝練前の走りこみを一緒にさせてほしいと頼んできたのだった。

熱心な後輩を撥《は》ね退《の》ける適当な言いわけが出てこなくて、玖島はそれを受け入れた。

いつも真智は玖島の後ろを、少し距離を空けて走る。

けれども視線は痛いぐらい背中に感じていた。それは玖島のなかに、これまで感じたことのない焦燥感のようなものを芽生えさせた。

あの視線に捕まったら、喪《うしな》ってはいけないものを喪うような気がしたのだ。

しかしついに、捕まる日が訪れた。

暴風雨の翌朝、小雨が降るなかでの走りこみのときだった。背後で短い呻《うめ》き声が聞こえたかと思ったら、真智が土手を転がり落ちたのだ。横を流れる川は水嵩《みずかさ》を増していて、流れは急だった。玖島は慌てて真智を追い駆け、土手へと引きずり上げた。

「先、輩――俺」

「足を見せてみろ」

尻をついて座っている真智の右足首を摑《つか》んで足の裏を確かめた。

「っ…、切れてるな」

ガラスのようなもので抉《えぐ》ったような酷《ひど》い怪我《けが》をしていた。白すぎる足の裏が土と血で汚れている。真智の足首を摑んでいる自分の掌《てのひら》が、ドクリとするのを感じた。

なにか得体の知れない熟《う》みが、項《うなじ》や胸や腰のあたりに生じていた。

困惑を覚えながら目を上げると、真智ともろに視線がぶつかった。……とたんに、透けるようなアッシュグレーの眸が、自分の目のなかにはいってくるかのような錯覚に囚《とら》われた。

――……捕まった。

自分が逃げそこなったことに気づいたときには、もう遅かった。

真智との距離は一瞬にして消え去り、真智のことが頭から去らなくなってしまった。

それからはもう、気がつけば真智のほうを見ていて、声をかけずにはいられないようなありさまだった。

もしかするとこれは恋愛感情なのかもしれないと思いながらも、答えを出しきれない日々が続いたあと、恋人と久しぶりに会い、気づいてしまった。

自分が彼女を選んだのは、彼女が玖島家にちょうどよく嵌まるピースだったからなのだ。

馴染みやすい相手を選ぶのは自然なことだ。

けれども真智への妖しい渇望にも似た想《おも》いに気づいてしまったあとでは、ある種の打算めいた選択のように感じられた。

それに彼女に人として好意をもっていたからこそ、なにもなかったように交際を続けることはしたくなかった。

別れを切り出したとき、彼女は玖島の前で初めて泣いた。こんなふうに泣く子だったのだと知って、彼女を選びつづけられなかったことに胸が激しく痛んだ。それは後悔にも似た痛みで、玖島は真智と出逢《であ》わなければよかったと、ぽつんと思った。

そしてその直後のことだった。

父が連帯保証人として多額の借金をかかえ、連日、ガラの悪い取り立て屋が家に押しかけて来るようになったのは。

その闇金業者は警察にも顔が利くようで、相談しても取り合ってもらえなかった。父は親族に借金を申しこんだが、断られた。取り立て屋に姉が乱暴されそうになっているのを目撃したときには、無我夢中で助けにはいった。

自分が当たり前のように信じてきたものが、次から次へと崩壊していった。

その崩壊からなんとか家族を守りたかった。

だから家に土足で踏みこんできた闇金業者の社長に、自分が生涯かけて借金を返すからほかの家族には手を出さないでくれと土下座をして頼んだのだった。

闇金業者の社長が真智の父親であると気づいたのは、社長の自宅にかかっていた「三浦」という表札を目にしたときだった。あの噂は、真実だったのだ。

学校から帰宅した真智は玖島が家にいることに驚き、ひどく取り乱した。そして父親に取り成してくれようとしたが詮ないことだった。

「こいつは今日から、お前の奴隷だ」

父親にそう告げられて、真智は蒼白《そうはく》な顔で訊《き》き返した。

「ど、れい？」

「要するに、犬だ。犬」

そして玖島に命じた。

「お前、服を脱げ。今日からお前の主人は、ここにいる俺の息子だ。素っ裸で足許《あしもと》に跪《ひざまず》け」

従う選択肢しか、玖島にはなかった。

よりによって真智の前で、想いを自覚してしまったあとに惨めな姿を晒《さら》さなければならないことに、頭のなかが真っ白になった。

全裸になると、しかし真智は後ろめたい顔つきをしながらも、玖島の身体に視線を這《は》わせてきた。

罪悪感の滲む、それでいて熱に浮かされたようなその様子は、土手で足の裏を怪我したときのものに似ていた。

玖島は膝を折り、その場で正座をすると真智を見上げた。

透けるような眸が見返してくる。

犬の鳴きまねをしながら、玖島は惨めさの奥で、身体の芯がわななくほどの興奮を覚えていた。

おそらく真智は、玖島を助けられなかったことを詫《わ》びたかったのだろう。その夜、玖島の部屋を訪ねてきたかと思うと、服を脱ぎだした。白い肌がどんどん剝《む》き出しになっていくさまを、玖島はベッドに腰掛けたまま見詰めた。

胸の膨らみも腰のくびれもない、少年らしいすんなりとした裸体を晒し、赤みを帯びた頰を強張《こわば》らせて心許ない様子で立ち尽くす真智の姿に、どうしようもないほど煽《あお》られた。薄い陰毛もなまなましさの足りない茎も、こんなふうに見たくてたまらないものだったのだと思い知る。欲に耐えられなくなりそうで、玖島はベッドから腰を上げると、落ちている衣類をすべて拾って真智に渡した。

「三浦には関係のないことだ」

自分のなかに満ちている邪《よこしま》なものを悟られないように、ぶっきらぼうにそう言うと、真智は悄然《しょうぜん》として部屋を出て行った。

玖島はベッドに横になると、きつく目を閉じた。

まるで突然、地面が割れて足場がなくなったかのように日常を喪った。そうして落ちた先に、三浦真智がいた。

精神的に参っているはずなのに、どうしようもなく身体が熱い。

心も肉体も、完全に混乱しきっていた。

なんとか剣道のときの呼吸法を繰り返して混乱をやり過ごそうとしていると、壁の向こうでかすかにベッドが軋《きし》むような音がした。思わず、そちらへと身体を向ける。

隣は真智の部屋だから、もしかすると壁一枚挟んだすぐそこにベッドが置かれていて、真智が横になっているのかもしれない。

そう思ったとたん、いましがた見たばかりの真智の姿がありありと脳裏に浮かび上がってきた。

白い壁を凝視していると、透けるように見えてくる。

こちらを向いて横たわっている、白い少年の裸体。アッシュグレーの潤んだ眸がこちらを見返す。ふっくらとした下唇を噛《か》んで、恥ずかしさをこらえている。陰茎が腿《もも》へとやわらかく垂れて、先端からわずかに紅い実を覗《のぞ》かせている。

「……」

スウェットパンツのなかに手を入れずにいられなかった。

手指が白濁にまみれたとき、自分はもう、玖島家に綺麗に嵌まるピースではなくなってしまったのだと感じた。もしも家族のもとに戻れたとしても、以前のように自然に馴染むことはないのだろう。

大きな喪失感に押し流されながら、きつく閉じた瞼の裏に浮かぶ白くて綺麗な少年を睨《にら》みつけていた。


三浦真智は、主人であり、想い人であり、自分の家庭を壊した男の息子だ。

その三つの要素は溶けることなく、個々のままに屹立《きつりつ》して、玖島の胸にありつづけた。

それは真智自身にとっても、同様だったのだろう。

父親の前では犬である玖島の主人であり、家庭教師の時間のあいだは以前と変わらずに玖島を先輩と慕う後輩であり、玖島の前で裸になるときは父の代わりに贖罪《しょくざい》をする息子だった。

場面場面で役割と関係性を変えながら過ごす自分たちの関係は、近づくことも遠ざかることも、交わることもなかった。

もしも自分から求めたら、真智は身体を許しただろう。

真智が特別な憧れを感じてくれているのはわかっていた。けれどもその行為が、真智にとっては贖罪のひとつに過ぎないのだろうことも、わかっていた。

だから触れることはなかったのだ――あの雪の卒業式の日までは。

真智の家で犬として暮らすようになって九ヶ月がたっていた。高校を卒業したら、真智の父親の仕事を手伝うことになっていた。仕事とは要するに、借金の取り立て屋だ。そうなれば自分のなかのまっとうでありたいという気持ちも、粉々に打ち砕かれることになるのだろう。

——でも、それで一緒にいられるなら……いいのか。

卒業式を迎えるころには、そう思うようになっていた。

想い人が傍《そば》にいながら交わることのないまま一緒にいつづけるのは、つらいことでもあったが、そうすれば真智のものでいられるのだ。

自分も苦しいが、真智もずっと罪悪感に雁字搦《がんじがら》めになって過ごさなければならない。そういう関係性に縛られることで、自分たちは一緒にいられる。それを真智も承知しているものと思いこんでいたのだが。

卒業式のあと、玖島は真智にねだられて別荘へと車を走らせた。

「先輩に、卒業プレゼントがあるんです」

もしかすると今日、真智との関係になんらかの変化が起こるのかもしれない。

雪道にタイヤを取られながら、期待が泡のように胸に浮かび上がってくる。心理的なものでも肉体的なものでも、この膠着《こうちゃく》状態から抜け出て交わることができたら、どんなにいいだろう。

……けれどもその甘い期待は、あっさりと砕かれた。

「差し押さえの念書です。それを破棄すれば、先輩はもう自由です」

卒業祝いは、それだった。

期待の泡が弾《はじ》け飛んで、気持ちが固く冷たくなっていく。

「お父さんは了承していないんだろう」

「してません。でも、その念書を俺に渡したんです。先輩を——俺のものにしていいって」

「お前の『犬』として」

「……」

真智は念書を父親から渡されていながらそれを破棄して玖島を解放しなかったことに、ずっと罪悪感をいだいていたのだ。

そしてその罪悪感から簡単に楽になる方法を選んだ。

「お前はもう『犬』はいらないわけだ」

真智は自分のことを手離せるのだ。

あの憧れのまなざしも、毎朝のように後ろについて走っていたのも、裸体を晒してきたことも、その程度のものだった。

失望が胸をひたひたと浸し、それが泥のように凝固していく。

玖島は大きな一枚板の座卓に掌をついて立ち上がると、隣の部屋に行った。そこは物置部屋になっていて、並べられた棚には釣り具などが並べられている。その一角にあるガラス戸の棚のなかから、猟銃を取り出した。

一ヶ月ほど前、真智の父に、この猟銃の的にされた。

あそこまで命の危機を覚えたのは生まれて初めてで、恐ろしくて惨めだった。その日の夜に真智と氷濤《ひょうとう》が並ぶ祭り会場へと赴いたとき、耐えきれずに姿をくらまそうとした。……けれどもやはり、真智のところに戻った。

あの時、自分は生涯を真智と過ごす決意をしたのだ。命をいつ吹き飛ばされるかわからなくても、真智と一緒にいようと。

それなのに真智は、同じように決意をしてくれなかった。

——出逢わなければよかった。

もし真智という存在がなかったら、家族のために闇金融業者に人生を捧《ささ》げなければならなくなったとしても、こんな気持ちを味わうことはなかったのだ。

玖島はリビングに戻ると、猟銃を構えて真智へと銃口を向けた。

「服を脱げ」

自分たちの心が交わることはない。

それならば肉体だけでも、交わりたい。そうして真智を罰したかった。

真智は贖罪のために、いつものように服を脱いだ。怯《おび》えるように肩を竦《すく》めて、弱った目でこちらを見る。

その頬に掌を載せると、淡い眸にかかる睫毛が震える。

掌から甘い痺《しび》れが拡《ひろ》がり、自分がこんなふうに真智に触れたかったのだと改めて知る。淡い喉仏を、鎖骨を、胸を触っていく。

強くて速い鼓動が、掌に響いてきた。

銃で脅されて無防備な姿で触れられて、怖くてたまらないのだろう。

その胸のうえで指を拡げる。自分の手指がひどくくすんだ色に見えた。

「三浦は、白いな…」

ただの肌の色の違いではない。

自分は良心を捨てて、どんな汚いことをしてでも真智の傍にいることを願った。

真智は良心を捨てなかったからこそ、念書を渡して解放することを決めた。

三浦真智が白くて綺麗なのは、外側だけではない。内側まで白くて綺麗なのだ。

それが愛《いと》しくて、どうしようもないほど憎らしい。

——疵《きず》をつけたい。

だから欲望のままに、いやらしい指使いで乳首をいじった。真智はまるで傷口に触られているみたいに、痛みをこらえる顔をした。

胸だけでなく、身体のいたるところに傷口があるかのように、どこに触れても真智はつらそうだった。

可哀想《かわいそう》に思うのと同じほどの強さで、全身が粟立《あわだ》つほどの刺激を玖島は覚えていた。掌で真智の陰茎を掬《すく》う。

とたんに掌が焼けるように熱くなって、その熱が身体中に飛び火する。

真智が声にならない音を喉から漏らして、立っているのもつらそうに膝を震わせる。

——……こんなになるくせに。

ただ手で掬っているだけで、真智の性器は痛々しいほど腫れてしまっていた。

——こんなになるくせに、俺を手離すんだな。

ペニスを握ると、手首を摑まれた。

「せん、ぱい——」

扱《しご》けば先走りで手指が濡《ぬ》れそぼる。

「ごめ、んなさ、い……ごめんなさ、い」

身を震わせて謝りながらも、白い肌のあちこちはまだらに紅《あか》く染まり、強烈な快楽を覚えていることを教えてくる。

その身体がビクビクと跳ねたかと思うと、真っ赤に熟んだ先端から真っ白い粘液が押し出されるように溢《あふ》れた。射精の衝撃に立っていられなくなった真智は、よろけて床に座りこんだ。

「う…うう」

玖島は自分の掌に溜《た》まっている精液を見る。手の震えに、固形物にも近いほど濃いそれがぷるぷると震える。

真智のなかにある自分への想いを、取り出して、手にしている気がした。

それを皮膚に染みこませるように握り締める。

そうして玖島は、別荘をあとにした。

雪が風に飛ばされるなか、無垢《むく》な白い道に靴を捻《ね》じこむたびに心臓が壊れそうに軋んだ。

2

出社の支度を終えた真智《まさと》とともにホテルの一階ロビーに下りると、玖島《くしま》はフロントに寄った。そこで通りを挟んで向かいのカフェから届けてもらったドリンクとクラブサンドを受け取る。

「いつも、チキンと卵だな。たまには違うものにしたらどうだ?」

袋を手渡しながら指摘すると、真智が笑顔で返してくる。

「本当においしいものは毎日食べても飽きないんです」

「お前のはただの偏食だろう。昔からそうだった」

真智が言い返してくる。

「俺のは偏食じゃなくて、偏執です」

「そっちのほうが世間的にはまずいだろう」

そんな会話をしながら、玖島は視界の端々まで意識を張り巡らせる。

ラウンジには知っている顔が五つあった。三人は同僚のSPであり、残りは警視庁公安部の警察官だ。いま現在、真智の警護は玖島がメインだが、実際にはこのように厳重な態勢が敷かれている。

プロジェクト・ルカに携わる研究者のうち、海外の工作員に狙われたのは三浦《みうら》真智だった。それにより、真智を奪われることだけは絶対に阻止するようにとの指示が警視庁から出ていた。日本政府のほうでも、捕まえたロシアと中国のスパイから情報を引き出したうえで、当該国を強く牽制《けんせい》しているようで、ここのところ表立った襲撃などは起こっていなかった。しかしその牽制がいつまでもつのかも定かではない。

ホテルの地下駐車場に行き、真智を後部座席に乗せてから玖島は運転席に収まる。地上へと車を出すと、街路樹を染めている秋の色に視界が華やぐ。

真智と再会してから七ヶ月がたった。

高校卒業とともに別れたときには、心も身体も交われるようになる日が来るとは夢にも思っていなかった。

いまだに高校三年のころの夢を頻繁に見て、喪失感とともに目を覚ます。そしてすぐ横に真智の寝顔があることを、非現実的に感じる。しっかりと目が覚めてこれが現実なのだと実感しては、痛いほど満たされた気持ちになる。

自分はかつて叶《かな》えられなかった、真智を護《まも》る犬となる日々を送っているのだ。

バックミラー越しに後部座席を見ると、真智がクラブサンドで頬を膨らませていた。思わず喉で笑うと、真智が口のなかのものを無理やり嚥下《えんか》して訊いてきた。

「ん…なん、ですか？」

今朝も思ったことを口にする。

「昔を知ってるだけに、三浦が一流の研究者っていうのは、どうにも違和感があるな」

するとバックミラーのなかの顔が、微苦笑を浮かべた。

「俺なんて凡庸ですよ」

「凡庸だったら、プロジェクト・ルカを生み出せてないだろう？」

少し沈黙が落ちたあと、真智が言う。

「当たり前ですけど、俺より優れた研究者はごまんといます。ただ、プロジェクト・ルカという一点だけで過大評価されてるだけです」

「その一点をもてるかどうかが、大きな違いなんじゃないのか」

「……それはだから、俺の偏執です」

ひとり言のように呟《つぶや》いて、真智がまたクラブサンドを口にする。

そして齧《かじ》った断面を見詰めて、痛みをこらえるように眉をひそめた。毎朝、同じクラブサンドを食べては、真智はその表情を浮かべる。

玖島は溜《た》め息をついて、尋ねた。

「野村祐平《のむらゆうへい》のことを考えてるだろう？」

「え、どうしてわかるんですか？」

「顔にそう書いてある」

スパイとして研究チームに潜入していた野村と、真智は親しくしていた。その野村が勧めたクラブサンドを食べつづけているのは、野村のことがずっと気にかかっているからなのだろう。裏切られたあとも、真智が野村を悪く言ったことは一度たりともなかった。ただ毎朝、思い出のクラブサンドを口にする。

それを断ち切ってやりたいと思うのは、真智のためを考えてなのか、あるいは嫉妬なのか。少なくともSPという仕事の範疇《はんちゅう》だったら決して外部に流さない情報だった。

「野村なら元気にしてる」

とたんに真智が後部座席から身を乗り出した。

「本当ですかっ」

「ああ、公安で飼うことにしたそうだ」

「公安で？」

「悪質なハッカーほど、国防の即戦力になるのと同じだ」

「そう、ですか」

安堵《あんど》の吐息を漏らして真智がシートに身を預け、窓の外へと明るいまなざしを向ける。

その様子をミラーで確認して、玖島は泣きぼくろのある目をすっと細めた。明日からは真智に別の朝食を勧めることにしよう。

ヒューマンサイド社に着いて駐車場のある地階のエレベーターに乗りこむと、そこに真智の同僚である桜紀子《さくらのりこ》と彼女のSPの江藤未希《えとうみき》が加わった。

「おはよう、王子とおもり役氏」

独特な言葉選びで挨拶をしてくる桜に、玖島は慇懃《いんぎん》に頭を下げる。

真智が「おはようございます」と返してから、「今日は、ぶりっ子はつけないんですね」と桜に言う。

桜が黒縁眼鏡の奥の目を眇《すが》める。

「最近は正統派王子感が出てるのは否めないから」

「それは褒めてくれてるんですか？」

「つまらなくなったって言ってるの」

つっけんどんに言う桜の横で、江藤未希がさらりと言う。

「桜さんは最近よく、三浦さんが格好よくなったと言ってます」

「み、未希ちゃん、それは言う必要なし！」

「そうですか。もう言いません」

そのやり取りに、真智が笑う。

「凄《すご》いですね、江藤さんは。桜さんのペースを崩させるなんて」

ショートカットで長身の江藤が、真顔のまま返す。

「桜さんに合わせていては、部屋のひとつもまともに片付きませんから」

典型的な片付けられない女の桜が開きなおって、江藤の腕に腕を絡める。

「未希ちゃんは私の文化的生活の守護者なの」

いつもクールな同僚女性ＳＰの頰がわずかに緩むのを、玖島は意外な気持ちで眺める。

真智と桜を研究室まで送り届けてから待機室に向かいながら、玖島は江藤に話しかけた。

「なにか雰囲気が変わったな」

すると、言い返された。

「玖島さんこそ変わったって評判になってますよ」

「俺の場合は、感情的になって暴走したっていう悪評だろう」

「スタンドプレーを指摘されていることは否定しません」

待機室にはいってドアを閉めてから、彼女はずっと気にかかっていたらしく、言ってきた。

「いくら玖島さんがＳＰとして有能であっても、本来なら担当を外されているところです。どうして、うえはそのままにしているんでしょうか」

「……」

それは玖島もひそかに思っていたことだった。

自分にとっては都合がいいから、あえてほじくり返さずに来たのだが。

江藤未希が窓から秋の街並みを見下ろしながら呟く。

「このまま、いつまでもいられるわけじゃないんですよね」

二十七歳の女性らしい揺らぎが、そのすっきりと整った横顔に浮かんでいた。


「今夜は泊まりこみでデータを取ることになりました。岡本《おかもと》さんと桜さんと俺でふたりずつローテーションを組んで、朝までです」

社食で向かい合って夕食を取っているときに真智がそう言ってきた。

以前は四人の研究チームでサポートメンバーもはいっていたようだが、プロジェクト・ルカが軍事利用で狙われていることが発覚したうえに野村祐平が抜けたため、いまは三人だけで回している。それがかなり負担になっているようだった。

「早く落ち着いて、元の体制に戻したいところだな」

玖島は和定食の、銀鱈《ぎんだら》の味噌《みそ》漬け焼きを口に運びながらそう返す。

ヒューマンサイド社は高齢者や身体の不自由な人たちに寄り添う、というモットーを掲げているだけあって、健康志向が高いらしい。社食のメニューにはすべてカロリー表示だけでなく塩分や糖質も記されている。

真智の、とろりとした色鮮やかな卵が載せられたオムライスを掬うスプーンが止まっていた。

「どうした？」

尋ねると、アッシュグレーの眸がまっすぐに見返してきた。

「俺は落ち着かなくていいです」

「三浦…」

「俺はこのまま、先輩といたいです」

きっぱりと告げられて、玖島は項から後頭部にかけて、じんわりと熱くなるのを覚える。

そして朝、桜紀子が言っていた言葉を思い出す。

「確かに、正統派王子だな」

「からかわないでください」

眉をひそめる真智に、玖島は目を細める。

「本気で言ってる」

真智が大きく瞬きをしてから赤面して、オムライスを口に放りこむ。

素直に照れるその様子を眺めながら食べる料理は、やたらと甘く感じられた。


遅い時間の夕食を終えた真智は、それから朝の四時まで実験室に籠もっていた。疲れ果てた顔で出てくる姿が廊下のモニターに映し出されると、玖島はすぐに待機室を出て、ふらついている真智の腕を摑み支えた。

「このまま仮眠室に行くか？」と訊くと、「シャワー浴びます」という答えが返ってきたのでシャワールームに連れて行ったのだが、ブースにはいったっきり、真智が出てこない。なかを確かめてみると、壁に背を凭《もた》せかけるかたちで床に座りこんでうとうとしていた。

玖島はシャワーを止めて真智の身体を拭くとガウンを着せた。抱き上げて、そのまま仮眠室へと運ぶ。

真智が目を覚ましたのは、ベッドに横にならせたときだった。

「ん――あれ？」

「シャワーを浴びたまま眠ってたぞ。短時間でもしっかり休め」

真智が開ききらない目でぼうっと見詰めてくる。目の縁が紅くなっているせいで、泣いているみたいに見えた。

「先輩…玖島、先輩」

「なんだ？」

ベッドに手をついたまま訊くと、ふいに真智の両腕が下から伸びてきた。抱きつかれて、真智のうえに身体を載せるかたちになる。

「おい、三浦」

「――したい」

耳に唇を押しつけたまま囁《ささや》かれる。なかば寝ぼけているような曖昧で甘い発声が、耳孔に沁《し》みた。

これまでも社内のトイレなどで短絡的な行為に及んだことはあったが、玖島の強引な誘導によるものだった。それが真智のほうからねだってきているのだ。

――疲れすぎてわけがわからなくなってるのか。

男の生理的なもので過労状態によって性器が反応してしまうのはありがちだ。シャワーブースで眠ってしまっていた真智のものも、先端が浮き上がるほど腫れていた。

それでも朝八時にはローテーションで実験室に戻る予定になっているから、さすがに休むべきだ。そう言い聞かせようとして身体を離そうとすると、真智が頰に頰をすりつけてきた。

「俺から離れないで…」

掠《かす》れ声に懇願されて、脳が甘く痺れた。玖島は舌打ちすると、真智の両肩を摑んでベッドに押さえつけ、間近から顔を見下ろす。

「誘ったのはお前だからな」

言いながら、半開きの唇に唇を被《かぶ》せる。舌を先に差し出したのはどちらだったか。気づいたときには、舌がとろとろに蕩《とろ》けて絡んでいた。濡れそぼった口をぬるりと擦《こす》りつけてから顔を離す。

キスだけでくったりしている真智のガウンの紐《ひも》をほどいて前を開けば、下着もつけていない裸体が露《あら》わになる。

十五、六歳のときの痛々しさはない。綺麗なバランスで大人の男の肉体に育っている。しかし白々とした肌は昔と変わらず、むしろそこになまめかしい艶が加わっていた。

その白い肉体のなか、胸の二点と下腹部の露わになっている先端は、爛《ただ》れたように紅い。

口と手でその三点に触れると、傷口に触られてでもいるかのように真智の身体が跳ねる。

「う…く…ぅん」

真智は喉を鳴らしながら、乳首を舌で捏《こ》ねる玖島を潤んだ目で見ている。粒を甘噛みすれば、ペニスが手のなかで苦しそうにくねった。その茎を優しく扱き上げると、先走りが腹部に垂れるほど溢れた。そしてもっと強い刺激を欲しがって、真智の腰が上下に揺れだす。

そうやって男としての快楽に溺れながらも、その腿は狭間《はざま》に男を誘いこむように開いていく。

……真智はわかっているのだろうか？

こういう時、襲われているようにしながらも、手に負えないほど男を煽りたてていることを。

劣情に衝《つ》き動かされるままに、真智の膝裏に手を差しこみ、腰を浮かせて身体を丸めさせる。

そうして脚を押し開くと、真智の顔も性器も後孔もいっぺんに玖島の視界に収まる。

いったん視線を絡ませてから、これから犯す場所を見ると、襞《ひだ》がキュッと窄《すぼ》んでわなないた。

「ここも、傷口みたいだ」

呟きながら舌を差し伸ばす。舌先で襞をくじると、真智が嗚咽《おえつ》にも似た吐息を漏らす。

「それ…嫌、です」

そう訴えるくせに、紅い孔を指先で拓《ひら》いて唾液を流しこんでやれば、真智のそこは嚥下《えんか》しようとするかのように淫らに蠢《うごめ》く。親指を沈めて浅い場所を掻《か》きまわすだけでペニスの先から白い体液をどろりと溢れさせた。

「う、ぁ」

内腿が波打ち、うねる粘膜が指をコリコリと締めつけてくる。

その感触に鳥肌がたち、指で感じている刺激がペニスに転写される。痛みにも似た欲望に玖島は息を荒らげた。

「欲しがりすぎだろう」

咎《とが》めながら指を引き抜くと、真智が「すみませ、ん…」と謝る。謝りながらも後孔が小さく口を開けて粘膜の色を見せつけてくる。

ジャケットを脱いでネクタイを緩める。スラックスのベルトを外して前を開き、下着を押し下げると、ぐっしょり濡れそぼったペニスが高い角度で頭をもたげる。

真智が呼吸を乱して、みずからの脚をかかえた。そして朦朧《もうろう》としながらねだる。

「傷口を——塞いでください」

その言葉と表情に、玖島は総毛立つ。

「ああ。いま塞いでやる」

開いてしまった痛々しい色の孔を、玖島はみずからの性器で塞いでいく。

まるで本当に傷口を押し拡げられているかのように身体を引き攣《つ》らせながら、真智が声を漏らす。

「そんなに声を出したら、ほかのＳＰが飛んでくる」

「く……ん、は…」

真智が自身の口を拳で塞いで、目の際に涙を溜める。

「締めつけるな。気持ちよすぎる」

「――っ」

いつにも増して過剰な反応を堪能《たんのう》しながら腰を遣うと、強張っていた粘膜が蕩けだす。

「もうすっかり俺のための孔だな」

囁きかけながら、深いところの内壁に亀頭を擦りつける。すると、真智が悲鳴にも似た声をあげて、全身をビクビクと跳ねさせた。内部の締まり具合や反応から達したのは明らかだったが、しかし真智の性器は新たな精液を出していなかった。

明確な到達点を見失ったままうねりつづける粘膜を、玖島は張り詰めた性器で犯していく。

「い…あ…、また…あっ、あぁぁ！」

しばらくすると、ふたたび真智が射精をともなわないまま極める。

自身の茎に触れて、真智が泣き言を呟く。

「も、もう、嫌だ」

「本当に嫌なのか？」

「……ふ、っ、ぁあ」

実際のところ、真智の肉体が悦《よろこ》びに浸りきっていることが身を繋げる玖島には伝わっていた。

自分のわずかな動きにも反応する真智が、可愛《かわい》くて仕方ない。

──初めから……そうだったか。

入学式の日に目が合ったときのことが思い出されていた。

そしてたぶんあの瞬間、自分の心は真智にもっていかれていたのだ。

「先輩…」

ぐにゃぐにゃになった身体を激しく突き上げられながら、真智が涙声で告げてくる。

「好きです」

「──」

自分の感情と肉体が痛いほど張り詰めるのを玖島は感じる。

覆い被さって唇を真智の口にきつく押しつけながら、一心に腰を打ちつける。

「んン…んっ」

真智が甘く喉を鳴らして、痙攣《けいれん》するように身を震わせた。

その震えに玖島もまた呑《の》みこまれる。

「ぐ…っ」

突き落とされるような体感に襲われ、流された。

臀部《でんぶ》を幾度も引き攣らせながら真智の唇を吸いつづけ――いつしか、その唇が弛緩《しかん》していることに気づく。

「三浦？」

真智の両脇に手をついてわずかに身を離す。

まだらに紅く染まった胸は眠る呼吸を刻み、性器と腹部は白い粘液まみれになっている。

玖島は満ち足りた気持ちに浸りながら、微笑するように緩んでいる真智の頬に熟んだ唇を押しつけた。

3

秋の終わりの爆弾低気圧で、その日は朝から強い風と雨が地上に打ちつけられていた。

仕事を終えてホテルに戻るとすぐに玖島《くしま》はバスタブに湯を張って、よく浸《つ》かるようにと真智《まさと》に告げた。そうして三十分ほどしてバスルームから出てきた真智は、やはり右脚を少し引き摺《ず》っていた。今日はずっとそんな様子で、特に車を乗り降りするときはつらそうだった。

「脚が痛むのか？」

尋ねると、真智が右膝を撫《な》でた。

「少し。でも平気です」

「いいから見せてみろ」

真智をヘッドボードに背を凭《もた》せるかたちで座らせると、玖島はみずからもベッドに乗り、真智のスウェットパンツの右脚部分を腿《もも》まで捲《まく》り上げた。

そうして膝のあたりを触診すると、真智が短く呻《うめ》いた。

「ここか」

膝の皿のすぐ下に掌《てのひら》を当てながら玖島は納得する。

「階段から落ちて怪我《けが》したところだな。今日みたいな気圧の日は古傷が痛む」

その言葉に、真智が怪訝《けげん》な顔をした。

「確かに高二の終わりに階段から落ちて怪我しましたけど……どうして先輩が知ってるんですか？」

離れたあとの、知るはずのない怪我を知っていたことを指摘されて、玖島は気まずさに苦い顔になる。

「先輩？」

「……坂本《さかもと》から聞いた」

坂本は剣道部で玖島が主将を務めていたときの副主将であり、クラスメートのなかでも特に仲のいい友人だった。

「えっ、坂本先輩と連絡取ってたんですか？　いつ？」

「北海道《ほっかいどう》を離れて半年ぐらいたったころ、俺のほうから連絡した」

真智が目に見えて不機嫌な顔になる。

「そうですか。坂本先輩との繋《つな》がりは断ちたくなかったんですか」

「そういうことじゃない」

「そういうことでしょう」

これでは不毛な押し問答にしかならない。

「——三浦《みうら》のことを訊《き》くためだ」

白状すると、真智が目をしばたたき、記憶と照合しだす。

「そういえば、坂本先輩は卒業後もよく剣道部に顔を出してたな。俺が部活に出てないのを知って、続けるように言ってくれたのも坂本先輩だった」

「俺がそうしてくれるように頼んだ」

正直に打ち明ける。

「どうしても、お前のことが気になって仕方なかった」

真智のこめかみのあたりが、ほの紅《あか》くなっていく。

「……もしかして、俺が東京《とうきょう》に来てからのことも？」

「お前のはいった大学も、住んでるアパートも知ってた。仕事終わりやオフの日に様子を見に行ったこともある」

「俺のこと、見てたんですか？」

自分のこめかみも紅くなっていることを自覚して、そこを掌で擦《こす》りながら頷《うなず》く。

「それ、ストーカーです」

「わかってる」

視線を逸《そ》らすと、真智がわざわざ下から覗《のぞ》きこむようにしてきた。

嬉《うれ》しさが駄々漏れの顔で見詰められて、玖島の気持ちも緩む。

「でも先輩」

真智が上体を後ろに倒しながら、玖島のネクタイを摑《つか》んで引っ張る。巻きこまれてベッドに身を伏せた玖島に、真智がニッと笑いかけてきた。

「先輩ばっかり俺の過去を知ってるのはずるいです。先輩のも聞かせてもらいますよ」

真智に質問攻めにされながら、玖島は高校の卒業式の夜からの顚末《てんまつ》を話した。

あれから玖島は家族に連絡をして旅費を送ってもらい、千葉《ちば》へと向かった。両親と姉は安普請のアパートで暮らしていた。

父は知人のツテで小さな設計事務所に勤め、専業主婦だった母はスーパーでフルタイムのパートをしていた。姉は保育士になる夢を叶《かな》えるために、昼はアルバイトをしながら夜間の専門学校に通っていた。

家族のもとに戻っても自分はもう馴染《なじ》めないだろうと思っていたが、家族もまたそれぞれ以前とは変わっていた。真面目なぶんだけ精神的に追い詰められていて、会話も途切れがちだった。息子に肩代わりをさせたという罪悪感も深かったのだろう。なにかというと両親は謝罪の言葉を口にした。

そんなある日、姉に誘われてアパート近くの公園のベンチで缶コーヒーを飲んだ。

姉は顔がびしょ濡《ぬ》れになるほど涙を零《こぼ》しながら言ってくれた。

『敬《たかし》に本当に感謝してる。だから私は絶対に夢を叶えるよ。父さんと母さんも、大丈夫だからね』

だからこの家族に縛られることはないのだと、背中を押してくれた。

玖島は人生が自分の手のなかに戻ってきたことにひどく戸惑っていたが、どうしたいのかを真剣に考えた。

「それで警察官になりたいって、思ったんですね？」

ベッドに向かい合わせで横になっている真智が静かな声で言う。

「ああ、そうだ」

こうしていると、かつて一緒に暮らしていた九ヶ月間のことが思い出される。壁一枚を隔てて、自分たちはあの頃もこうして向かい合っていたのかもしれない。

けれどもいま、自分たちのあいだに壁はない。

だから言うことができる。

「初めのうちはお前のことをどうやったら忘れられるか、それればかり考えてた」

透けるような色の眸が痛みをこらえるように眇《すが》められる。

「俺を恨んでたんですね」

「そうだな。お前に出逢《であ》わなければよかったと、心から思ってた。……それなのにお前からもらった借金の念書をどうしても捨てられなかった」

破ろうとしたことも燃やそうとしたこともあった。けれどもその度に心臓が千切れそうに痛んで、手が動かなくなった。

「俺はお前の犬でいることを、やめられなかった」

罪悪感に強張《こわば》りそうになる真智の頬を、玖島は掌で包む。

「俺が警察官になりたいと思ったのは、お前が良心を貫いたのが憎らしくて、羨ましかったからだ」

父が連帯保証人になって取り立て屋に苦しめられていたとき、地元の警察は助けてくれなかった。だから警察官になったからといって良心があるということにならないのはわかっていた。それでも、良心を試されることが多い場に身を置けば、それを育てられるのではないかと思ったのだ。

少なくとも同僚たちから堅物と呆《あき》れられるぐらいには、自身を律することができた。

「SPに引き抜かれたときは、自分のやりたいことじゃないと不満だった。……でも、いまは本当によかったと思ってる」

この道筋でなければ、ふたりでこうしてなんの障壁もなく向き合う現在《いま》はなかったのだ。

真智の目から溢《あふ》れそうになる涙を指で拭ってやると、掌に頬を擦りつけられた。

「俺も、先輩と同じです」

甘い告白のようでありながら、なぜか真智がつらそうな顔をしているのが玖島の心に引っ掻《か》き傷のように残った。

その朝、真智を警護しながらヒューマンサイド社に赴いて地下駐車場で車を降りたところで、独特の鋭い目つきをした男ふたりに行く手を阻まれた。ひとりは四十代なかば、もうひとりはかつて新宿《しんじゅく》署で玖島の同僚であった崎田《さきた》だった。崎田は公安に異動になったから、ふたりとも公安刑事ということだ。

嫌な予感を覚えながら、玖島は真智を背後に隠すように立って尋ねる。

「どういったご用件ですか？」

崎田が真智が見える角度に長い首を伸ばす。

「三浦真智さんにいくつか話を伺いたいんですが、ご協力いただけますね？」

「いますぐにですか？　上司に許可を取らないとなりませんが」

「それはもうこっちから話を通してありますんで」

そう言いながら崎田が真智の腕に触れようと手を伸ばす。反射的にそれを妨げると、崎田が一重瞼《ひとえまぶた》の目をさらに細くして、ちらりと玖島を見た。

同じ部署に所属していたことがあるとはいえ、四歳年上の崎田は捜査のためなら良心など消し去る狡猾《こうかつ》な男で、玖島は反発を覚えることが多々あった。そして向こうもまた玖島のことが気に食わなかったのだろう。面と向かって、『お前は消耗品の歯車にしかなれねぇよ』と言ってきた。

「どうぞ、三浦さん」

崎田が窓にフィルムが張られたミニバンの後部ドアを開ける。

公安のふたりに続いて、玖島も乗りこみ、向かい合わせの仕様になっているシートの、真智の横に座った。

「三浦さんだけに話があるんだが」

剣呑《けんのん》とした顔つきで言ってくる崎田をまっすぐ見返す。

「SPは警護対象についてすべてを把握しておく必要があります」

「まさか身内からまで警護するつもりか？」

「必要とあれば」

ふたりのあいだで起こる圧の押収を、年嵩《としかさ》の公安刑事が収める。

「今日の件は、三浦さんを警護しつづけている玖島警部補もすでに知っている範疇《はんちゅう》のことだ。同伴してもらって問題はない」

崎田が苦い顔をしてから、真智へと視線を向けた。

「単刀直入に伺います。プロジェクト・ルカは軍事目的で狙われているそうですが、それは具体的にどういった方法なんですか？」

「……それは」

嘘《うそ》が苦手な真智の顔が強張るのを、玖島は目の端で捉え、割ってはいった。

「そのことについては、公安で飼うことにした人間に訊けばいいでしょう」

うざったそうに崎田が玖島をじろりと見る。

「野村《のむら》は所詮は末端のスパイだ。そのレベルの情報では利用方法の細部まではわからないから、こうしてわざわざ来てる」

「三浦さんには軍事利用の発想がなかったから、見当がつかなくても無理はない」

「お前じゃなくて、三浦さんに訊いてるんだ」

崎田と玖島のあいだに視線の火花が飛び散りかけるなか、真智が緊張を隠しきれない声音で答える。

「本当にわからないんです」

「前にもこの質問にわからないと答えたそうですが」

「はい」

「わざと考えないようにしてるのか、わからないふりをしてるのか、どっちですか？」

逃げ道を塞いで追いこむように崎田が前傾姿勢になる。

斜め下から睨《ね》め上げられて、真智が耐えきれずに視線を逸らした。崎田がにたりと笑ってシートへと背中を戻す。

「研究者なんて曲者《くせもの》だらけだと思ってましたが、なかなかどうして」

手段を選ばなければ白状させられると確信したようだ。

それから崎田はいくつかプロジェクト・ルカについての質問をして、真智を解放した。

たかだか三十分足らずのことだったが、ミニバンを降りたとき、真智は心労でげっそりしていた。

その背中に手を添えると、真智がこちらを見上げて無理に笑顔を作った。そしてそっと身体《からだ》を寄せてくる。

こんなに近くにいて、心も身体も深く繋《つな》げているはずなのに、真智は大きな秘密を自分ひとりでかかえている。

それを改めて思い知って、玖島は下唇の内側をきつく嚙《か》み締めた。


公安の不意打ちがあった一週間後、玖島は崎田に呼び出され、警視庁へと重い足を運んだ。

「プロジェクト・ルカのことでしたら、新たに提供できる情報はありません」

そう釘《くぎ》を刺したが、崎田はそれを無視して玖島を先導した。

着いた先は、警視総監室だった。

その時点でただごとではない事態だと理解したが、室内で玖島を待ち受けていたのは、警視総監と防衛省の事務次官だった。

改めて敬礼して名乗りながら、玖島は背中に冷たい汗が細く流れるのを感じる。

「玖島警部補、そう堅くならずに座りたまえ」

大きな旭日章《きょくじつしょう》が飾られた壁を背景に、警視総監がデスクに着いたまま、ソファへの着座を促す。玖島は事務次官の向かいのソファに浅く腰かけて背筋を立てた。崎田は踵《きびす》を返して退室する。

警視総監は一見すると柔和な印象だが、垂れた瞼《まぶた》の下から覗く目には底光りするものがある。防衛事務次官のほうは、事務方とは思えないほど立派な体軀《たいく》をしており、対する者を息苦しくさせるような圧をそなえていた。

「すでに半年以上にわたって、ヒューマンサイド社の三浦真智研究員の護衛を担当している。それで間違いはないかね？」

防衛事務次官に確認されて、玖島は答える。

「負傷で離脱した期間はありましたが、間違いありません」

「うむ。三浦真智と個人的な関係があるという話が上がってきているが、その点についてはどうかね」

真智と自分の経歴を照らし合わせれば、それは一目瞭然であるから率直に返す。

「高校時代、同じ剣道部に所属していました」

「三浦真智の担当になることに固執したと報告書にあったが、深い親交があったためということか」

「そうです」

防衛事務次官が目配せすると、警視総監が口を開いた。

「本来であれば、そのように私情を差し挟むことは警察官として正しい姿勢ではない。だが今回に限り、特命を遂行するために容認しよう」

玖島は顔を右に向けて警視総監のほうを見た。

「特命とは、どのようなことでしょうか？」

その質問に答えたのは、防衛事務次官のほうだった。

「防衛省および日本政府はプロジェクト・ルカの軍事利用について、どのような可能性があるのかを模索している。そしてそれについては、プロジェクトの生みの親である三浦真智に心当たりがあるはずだ」

「本人は想像もつかないと言っています」

「それなら、軍事にどのように利用し得るのか、本人に一から考えてもらうまでだ」

防衛事務次官がごろりとした目で玖島を威圧する。

「これは国家としてのプロジェクトだ。君には、三浦真智にそのプロジェクトに協力するよう説得してもらうことになる」

「……、それは」

思わず反論しようとすると、警視総監がゆったりと重い声を被《かぶ》せてきた。

「玖島警部補、これは命令だ」

ここで下手に抗《あらが》えば、真智から引き離されることになりかねない。

玖島は気持ちを抑えこむ。

「そのように承知しました」

警視総監室を出ると、少し離れたところで崎田が壁に背を凭せかけていた。エレベーターホールに向かってその前を通り過ぎようとすると、横に並んでくる。崎田の身長は玖島より少し低く、首筋なども筋張っていて痩せぎすだ。しかしその気配は抜き身の刀のようであり、こうして並んで歩いているだけでも隙を見せれば斬りつけてきそうだ。

「だいたいどんな内容か察しはついてるが、受けたのか？」

「こちらに選択肢はありません」

素っ気なく答えると、横目で蔑むように睨《にら》まれた。

「お前は相変わらず、消耗品の歯車だな」

挑発に乗らないように気をつけながら探りを入れる。

「崎田さんも引き続き、この案件に絡むんですか？」

すると、崎田が苦虫を噛み潰したような顔になった。

「どうやら上層部は、ここから先は公安外しをしたいらしいけどな。そう簡単に美味《うま》いところを取り上げられてたまるか」

要するに、絡んでくる気満々ということだ。

動きの緩慢な上層部よりも、現場で小回りと目端の利く公安のほうが、よほど厄介だ。

警視庁からヒューマンサイド社に戻り、二十一時頃に真智を警護しながらホテルへと戻った。

「どんな話があったんですか？」

部屋にはいってドアの鍵をかけながら真智が訊いてきた。彼には警視庁から呼び出されていることを話してあった。

カーテンを閉めて窓際のチェアセットに向かい合って座る。

「察しはついてるだろうが、プロジェクト・ルカについてのことだった」

真智の顔が険しくなる。

「軍事利用、ですか」

「ああ。政府と防衛省が国家プロジェクトとして扱いたがってる。それでお前を懐柔するようにと俺に特命が下った」

「――」

人びとを救済するためのプロジェクトを、国の内外から軍事目的で狙われているのだ。善意の研究が人を殺戮《さつりく》するためにもちいられる。それはこれまでの歴史でも繰り返されてきたことだが、それを生み出した研究者の心痛は、ほかの人間に想像できる範囲のものではないのだろう。

傍《そば》にいながら痛みを分け合えないことに、強烈な歯痒《はがゆ》さを覚える。

それでも少しでも真智の重荷を軽くしたかった。

玖島は椅子から腰を浮かすと、テーブルに手をつき、もう片方の手で強く真智の肩を摑んだ。

「特命がある限り、俺は確実にお前のＳＰでいられる。俺は世界中のなにからも、お前を守る」

真智が蒼褪《あおざ》めた顔で、口元をかすかに震わせる。

「だからお前がどうしたいのか、教えてくれ。俺はお前の意思を尊重して動く」

「……先輩」

アッシュグレーの眸《ひとみ》に迷いの色が揺れるのを、玖島は見逃さなかった。

「巻きこみたくないとか、いまさら絶対に考えるな」

おそらく図星だったのだろう。その言葉を封じられた真智が、唇をきつく噛む。

「お前のためにならいくらでも傷を負える。そうできないことのほうが、耐えられないんだ」

肩の骨を砕かんばかりに手指に力を籠めて、伝える。

「俺はお前に向き合うから、お前も俺に向き合え」

しばし思い詰めた様子で俯《うつむ》いていた真智が、顔を上げた。

「玖島先輩のことだけは信じられます……先輩がいてくれて、よかった」

その表情からも肩からも強張りが緩んだのを確かめて、玖島は椅子へと腰を下ろしなおした。

真智がまっすぐこちらを見て、訊いてきた。

「先輩は、神経再支配という人体の仕組みを知っていますか？」

「いや、知らない」

自身の腕に横に線を引いてみせながら真智が説明しはじめる。

「事故などで腕がここで切断されたとします。その際にここに人工の腕や他人の腕を繋げる処置をした場合、脳の運動野が失われた部位の神経を認識して、ふたたびそれを肉体の一部として再支配するんです」

「神経をそんなうまく繋げるものなのか？」

「可能です。現に他人の腕を移植して自在に使えているケースはあります。その場合、移植された部位は自然と、新たな肉体に馴染むものへと変化していきます。少女に移植された男性の腕は、肌の色も形状も少女のものに近づいていきます」

玖島は自分の手指を開閉して、思い描いてみる。

「……なるほどな。再支配か」

「プロジェクト・ルカの根幹にあるのは、その神経再支配なんです。脳の一角に新たな運動野を作ってデータを送りこむことで、生まれつきの欠損や、負荷のかかる仕事をする際に身体につける補助装置を、自身の肉体の一部として認識させます」

脳が区画分けされていて、手足とそれぞれの部位の神経が繋がっていることぐらいは玖島も漠然と知っていた。

「脳の担当部位を人工的に変更できるものなのか」

「もともと、脳の区分は曖昧なものなんです。視力を失えば、その視力の部分の運動野は聴覚などほかの機能に振り分けられて、個体の生存を助けます」

「個体の、生存」

真智が深く頷く。

「脳はそのために存在していて、あらゆる手を尽くします。時には過剰反応してエラーを起こすこともありますが」

真智の顔つきは研究者のそれになっていた。

——俺の知らない顔だ。

じかに触れあえなかった十三年の歳月の重さを、玖島は感じる。

真智が積み上げてきたものに改めて敬意をいだくのと同時に、胸のどこかに埋められない穴が空く。

長い歳月にわたる変化は、ずっと傍にいれば自然なものとして馴染むが、突然こうして突きつけられれば違和感となり、一緒に過ごせなかった時間への悔恨となる。

——ずっと一緒にいたかった。

そうして真智の変化をどんな些細《ささい》なことでも余さずに見ていたかった。その一年の変化を、ひと月の変化を、一日の変化を。

ずるりと感情に引きずられそうになるのを踏み止《とど》まり、玖島は意識を真智の話へと無理やり戻す。

「しかし、それのどこが軍事利用に繋がるんだろうな。肉体強化が軍事に役立つ時代でもないのに」

そう呟くと、真智が頬を強張らせた。

「物理的なものばかりが軍事ではありません」

「第三次世界大戦は情報戦が主流になると言われているな。すでに第三次世界停戦中だという説まである」

「サイバー攻撃や金融戦争、情報戦争——それは人の脳を使った支配です」

それはなにか背筋が冷たくなる響きだった。

いや、この背筋の冷たさはもしかすると、真智の顔からすべての表情がこそげ落ちているせいかもしれなかった。綺麗《きれい》すぎて作り物に見える顔のなかで口だけが動く。

「フェイクの情報すら介さずに、要人の脳を直接いじって、思考を支配できるとしたら」

「——そんなことをできるはずが」

ないだろう、と最後まで言えなかった。ごくりと唾を飲んで、低く濁った声で問う。

「可能、なのか?」

「脳自体の神経再支配。そのメソッドはここにあります」

真智が自身の頭部に指先で触れる。

数拍ののちに、真智の表情が泣くように崩れた。

「それも使いようによっては、それこそ争いのない世界を創れるでしょう。でも、そうはならない。不条理な搾取と支配に、かならず利用されます」

「世界が必要としているのは、搾取と支配だから、か」

真智が俯《うつむ》く。

まるでひとりで深淵《しんえん》を覗きこんでいるかのように見えて、玖島はたまらない気持ちで椅子から立ち上がると、真智の肩と頭を両腕で抱きこんだ。

真智がみぞおちに顔をきつく押しつけてくる。ずいぶんと長いあいだそうしてから、乱れた声で呼びかけてきた。

「先輩……」

「ああ、なんだ?」

必死なまなざしに見上げられる。

「俺の意思を尊重してくれるって、言いましたよね」

「なにか俺にできることはあるか？」

「――お願いしたいことが、あります」

そこまで言って黙りこむ。

瞬きで続きを促すと、真智が震える唇で告げた。

「いざとなったら、俺の頭を撃ってください」

言われた言葉の意味が、しばらく理解できなかった。

愕然《がくぜん》としていると、真智がスーツの下のショルダーホルスターに触れてきた。目を異様に光らせながら懇願してくる。

「絶対に、この頭のなかにあることを取り出されるわけにはいかないんです。だから、もし本当に、いざとなったとき……」

そこまで言い募って、真智が半開きのまま口の動きを止めた。

その顔に滴がぽたりと落ちる。また、落ちた。

「玖島先輩……」

真智が顔を歪《ゆが》めて、玖島の頬へと手を差し伸ばす。

頬をたどたどしい手つきで拭われて、自分が泣いていることを知る。

「すみません、でした」

真智が涙声で言う。

「いまのは忘れてください。俺が悪かったです……だから、先輩」

真智の苦しみに寄り添ってやらなければならない。頼れるのは自分だけだから、真智は本心を口にしたのだ。

現に真智は海で一度、命ごと自分の脳の中身を消そうとした。おそらくずっと、そんなことを考えつづけていたのだろう。

そうわかっていても、感情が激しい拒絶反応を示している。

――俺は、汚い。

たとえどのようにプロジェクト・ルカが利用されようと、真智自身が無事でいてくれるならそれでいいと思ってしまう自分がいる。

そうして、自分とともに生きてくれるのならば……。

真智が椅子から立ち上がり、慰めるような優しいキスをしてくれる。

4

「三浦《みうら》くん、それと玖島《くしま》さんも、少しいいかな？」

社食での昼食を終えて研究室に戻ろうとしたところで、チームリーダーの岡本《おかもと》がそう声をかけてきた。その髪の白い部分の比率は、最近になって急に三割から五割になった。顔色も悪くて憔悴《しょうすい》した様子で、もともと痩せぎすな身体がいっそう細くなっている。

三人で小会議室にはいり、玖島は真智とならんで椅子に腰かけた。楕円形《だえんけい》のデスクの向かい側に岡本が座る。

「明日には発表になることだが、三浦くんにはどうしても先に話しておく必要があると判断した」

しばしの沈黙ののち、重く濁った声音で続ける。

「ヒューマンサイド社が買収された」

真智が机に身を乗り出す。

「買収って……いったい、どこにですか？」

総合介護専門企業のなかでヒューマンサイド社は国内一、二を争う規模を誇る。高齢化社会ということもあり、経営も順風満帆のはずだ。

「買収したのは、四《よ》ツ倉《くら》商事だ」

岡本の答えに、玖島は大きく唸《うな》った。

「四ツ倉か……」

「知ってるんですか？　どういう商社なんですか？」

「軍需専門商社だ」

真智の喉が細い音を漏らす。

「そんな……」

「おそらくヒューマンサイド社は国から買収に応じるように圧力をかけられたんだろう」

その玖島の読みに、岡本が頷く。

「私もそう見ています」

「岡本さんは先ほど、三浦さんに先に話しておく必要があると判断したと言っていましたね。それはどういうことですか？」

なかば答えを知りつつ問いかけると、岡本がデスクの天板へと硬い視線を落とした。

「明日、ヒューマンサイド社が四ツ倉商事の子会社となることが発表されてから、三浦くんには四ツ倉の関連会社の軍需開発部門への異動辞令が出ます」

そのまま岡本が真智へと深く頭を下げた。

「半月前に社長からこの件を知らされて、三浦くんはわが社に必要不可欠な人材だと繰り返し訴えてきたが、聞き入れてもらえなかった。私の力不足だ。本当に申し訳ない」

真智が首を横に振り、意外なほど落ち着いた声で岡本に語りかける。

「やめてください。違うんです。岡本さんはなにひとつ悪くありません。悪いのは——俺です。俺のせいで、ヒューマンサイド社にまで多大な迷惑をかけることになってしまって、本当に申し訳なく思っています」

玖島は横に座る真智へと視線を向け、その膝のうえで拳が小刻みに震えているのを見る。

これまでも国の内外から狙われてきたものの、軍需開発部門への異動によって、真智は完全に袋小路に追い詰められることとなる。

真智を懐柔する「特命」を果たさなかった玖島はお役御免となり、この先、担当を外される可能性が高い。

研究室の仲間からも玖島からも一気に引き離せば、真智が陥落する確率は跳ね上がるのだ。

激しい焦燥感に駆られて、玖島もまた拳を握る。

「三浦くんはただ、人の困難に寄り添った仕事をしてきただけだ。その崇高な技術を悪用しようとする者たちから、君を守ることがリーダーである私の仕事なんだ」

語気を荒らげて、岡本が口惜《くや》しそうに顔を歪《ゆが》める。そして真智へと真摯なまなざしを向けて、告げた。

「三浦くんにできる限りのことをするのは、私の務めだ。これから先もそれは決して変わらない」

岡本が玖島に視線を向ける。

「あなたは三浦くんのSPであり、昔馴染みで――三浦くんが特別な信頼を置いている人だ。三浦くんのことでなにかあったら、いつでも私に相談してほしい」

会議室を出るときに、岡本は玖島に名刺を渡してきた。岡本の名刺は以前にももらっていたが、その裏には個人的な連絡先が記されていた。


「ヒューマンサイド社には大学の学費や生活費も出してもらいましたし、入社式のときは骨を埋める心構えだったんですよ」

帰宅中の車内で、真智はよく喋《しゃべ》った。

「プロジェクト・ルカが起《た》ち上がったときは夢みたいでした。岡本さんも桜《さくら》さんもその頃からいて、ほかに何人もメンバーが入れ替わって、……野村《のむら》がはいってきて」

そこで一瞬、澱《よど》んだが、すぐにまた続ける。

「生まれつき聴覚に欠損があるクライアントさんにプロジェクト・ルカで聴覚を取り戻しても

らえたときは、ひとりになってからちょっと泣きました」

そんなふうに真智が手がけたケースをひとつひとつ振り返っていくのを、玖島はハンドルを手に、耳を傾ける。

改めて真智がどんなふうに人びとを救ってきたかを知るほどに、胸が深く痛む。

ホテルの地下駐車場で車から降りるとき、真智は軽い調子で言った。

「明日のことは、明日考えるしかないですね」

無理をしているのは明らかだったが、真智が自身をそう奮い立てているところに水を差すのも憚《はばか》られて、玖島は無言を選ぶ。自分がＳＰを外される可能性について話し合うのは、それこそ明日にしてもいいのではないか。

部屋に戻ると、真智はジャケットだけ脱いでベッドに身を投げ出した。

「さすがにいろいろショックで、疲れ果てました」

「なにか飲むか？」

尋ねると、真智が「お湯でいいです」と答える。湯呑茶碗《ゆのみぢゃわん》にポットの湯を注いで少し冷ましてから差し出すと、真智が俯《うつぶ》せの姿勢のまま手を伸ばしてきた。

視線が合う。

「ありがとうございました」

湯を口にすると、真智は碗をナイトテーブルに置いて目を閉じた。すぐに寝息をたてはじめる。

玖島はもう片方のベッドに腰を下ろして、なにかかたちにならない違和感を覚える。しかしそれは判然とせず、頭をすっきりさせるためにシャワーを浴びることにした。

バスルームにはいって水に近い飛沫《しぶき》を頭から浴びていたときだった。人が歩く気配を室内に感じた。

――まさか、侵入者が…っ。

濡れた身体にガウンだけ羽織ってサニタリールームのドアから飛び出す。素早く視線を巡らせる。ベッドに寝ているはずの真智がいない。

「…っ」

連れ去られでもしたのか。

部屋から出て通路を確かめる。誰もいない。しかし鉄の重いドアが開閉する音がかすかに聞こえてきた。

――非常階段のドアだ。

エレベーターホールへと走り、その一角にある非常階段に通じる鉄のドアを押し開く。耳を澄ますと、足音がした。玖島は音のほうへと階段を裸足で駆けのぼる。

そして、いまさらながらに違和感の正体を摑んでいた。

『ありがとうございました』

湯呑茶碗を受け取ったとき、真智はそう言った。「ありがとうございます」ではなく「ありがとうございました」という言い方をしたのには、意味があったのだ。

袋小路に追いこまれたうえに玖島と引き離される可能性が高いことを、おそらく真智もまた見通していたのだろう。

「くそ…っ」

些細だけれども鮮明な真智からのメッセージを見逃したのだ。

そのせいで自分は——真智を喪《うしな》うのかもしれない。運動のせいではなく精神的なものに喉が詰まって、窒息しそうな息苦しさが襲ってくる。心臓が喉元までせり上がっているかのようだ。

階段を上りきって、ドアを開ける。

とたんに外気が肺に流れこんできた。屋上だ。

外周のフェンスへと走っていく真智の後ろ姿が目に飛びこんでくる。

世界が消えうせようとしている。もう玖島の耳には、なんの音もはいってこない。全身がかじかんでいるかのように感覚が遠い。それでも必死に足を前に動かす。……まるで厚く積もった雪のうえで走ろうとしているかのようだ。一歩ごとに足がずぶりと沈み、重たく搦《から》め捕られていく。

「真智！」

繰り返しそう叫んでいるのに、自分の声が聞こえない。

真智がフェンスを乗り越えるときに、こちらを見た。たぶん微笑《ほほえ》もうとしたのだろう。頬をぎこちなく震わせた。そして顔を背ける。手が摑んでいるフェンスから外れる。

玖島は感覚のない手で、その手を摑んだ。摑めているかもわからないまま、無我夢中で指を折り曲げ、引っ張る。

……気がついたとき、真智は自分の下にいた。

風の音が聞こえる。

五感が戻り、それによって世界もまた存在を定かにしていた。そして自分が、怒りに支配されていることを知る。

憎悪に限りなく近いものを覚えながら、真智を睨み据える。

——こいつは、また俺から離れようとした。

かつて罪悪感に負けて自分のことを手離したように、真智は今回もまたみずから離れようとしたのだ。

——俺はこいつから離れられないのに、こいつは俺から離れられるのか。

再会してから心も身体もあれほど寄せあったのに、それをなかったことにして。

真智の顔の横の床を拳で殴ると、朦朧とした表情をしていた真智が我に返ったように瞬きをした。

「二度と、こういうことはするなと言ったはずだ…っ」

唸るような声が怒りに震える。

真智が顔を歪め、両手で自身の頭をかかえた。

「――でも、俺はこれを壊さないとならないんです」

そんなことは言いわけにならない。

自分は真智といるためならば良心を捨てられるのに、真智はともにいることよりも良心を選ぶのだ。

――そのためにならば、俺のことを切り捨てる。

同じところに堕《お》ちてきてくれない真智への遣《や》る瀬ない憤りに支配されて、玖島は真智の肩を摑んで、俯せにした。スラックスのベルトを外すとき、意図を察した真智はわずかに抗うように身動《みじろ》ぎをしたものの、すぐに玖島に身を任せた。

ほぐしもせずに無理やり挿入すると、真智がつらそうな呻き声を漏らした。そのくせ、犯していけば粘膜が応えだす。下腹部に手を回して触れた陰茎は、びしょ濡れになって屹立《きつりつ》していた。

「こんなになるくせに……お前は俺がいらないのか」

詰《なじ》りながら突き上げると、真智が首を横に振る。

「ちが、います」

「どう違うんだ？」

後頭部の髪を摑んで顔を覗きこむと、透けるような眸が懸命に見詰め返してきた。

「そう考えるなと言われたけど——、先輩を、巻きこみたくない」

「……」

「先輩は俺から離れれば、自由になれるのに……俺はいつも、ギリギリまで先輩の手を離せない。この頭のなかにあるものを作ってしまったのは俺で、俺の問題なのに、巻きこんで」

嗚咽《おえつ》を漏らす真智を、玖島は呆然《ぼうぜん》と見詰める。

「俺が——……追い詰めたのか」

巻きこみたくないと思うなと命じ、いざという時には頭を撃ち抜いてほしいという願いも退けた。

そうやって自分が真智の逃げ道を塞いでいったせいで、真智はひとりで追い詰められ、自死を選ばざるを得なくなってしまったのだ。

おそらく、そうでなければ、ほかの選択肢も真智にはあったはずだ。

それを考えることを、自分が奪っていた。

「先輩、は、俺に出逢わなければ、よかったんです」

そう呟いて、真智が言いなおす。

「違う……俺が先輩を見つけなければよかったんだ。でも見つけてしまって、近づかずにいられなかった……ん…ん」

その唇に玖島は舌を突き入れ、掻きまわす。

真智が目の前に現れなければよかったと――そう何度思ったか、わからない。

けれどもそれこそが自分の逃げ道になっていたことを、真智の言葉で気づかされた。

自分たちが出逢ったことを、そして互いに離れられないことを正面から受け止めなければ、この先はもうないのだ。

舌をさんざん絡めあってから、玖島は唇をわずかに離した。そして、誓う。

「俺は、お前と一緒に行く」

「え……」

「お前が死ぬなら、俺も一緒に死ぬ」

眦《まなじり》が裂けそうなほど、真智が目を見開き、怒鳴る。

「そ、そんなのは絶対にダメです！」

繋がっている場所がきつく締まってわななき、憤りを伝えてくる。

玖島はふっと息をついて笑う。

「俺も勝手だが、お前も、身勝手すぎる」

「……すみません、でも」

真智の頭を撫でながら囁きかける。

「俺を死なせたくないなら、絶対に死ぬな」

「先輩……」

「俺はとことんお前を巻きこんで、お前と生きる。そのためにお前のすべてを俺に渡せ」

自分の下にある身体の内側にも外側にも激しい震えが走ったあと、やわらかく力が抜けていく。

「先輩と……生きる」

「そうだ」

いま初めて同じところに立ち、同じ目的を胸にいだいていることを玖島は嚙み締める。

——俺は真智を殺させない、真智は俺を殺させない。

5

岡本《おかもと》が言っていたとおり、ヒューマンサイド社は四《よ》ツ倉《くら》商事に買収され、子会社となった。そして真智《まさと》には来月頭から四ツ倉の関連会社の軍需開発部門への異動命令が出た。四ツ倉商事のほうはすぐに異動することを望んだが、岡本が引き継ぎが必要だとねばって十二月一日付にしてくれたのだ。

残された時間は一週間だった。

連日、ふたりで自分たちの目的を達成させるための手段を考え抜いた。

ふたりで逃亡することも考えたが、国の内外にいる敵から逃げおおせるのは不可能だという結論にしか至らなかった。

真智は三日ほど研究室に泊まりこんで、目的のために必要な実験を繰り返した。

残すところ二日になった日の夜、真智がホテルの部屋に戻るなり、玖島《くしま》のコートをきつく摑《つか》んできた。

「準備が整いました。プロジェクト・ルカを使います。それ以外に、もう道はありません」

話し合いを重ねてきたのに、胸に苦しさが寄せてきた。

真智の脳の一区画にプロジェクト・ルカをもちいて記憶を再支配するデータを入れる。それにより、真智の記憶からプロジェクト・ルカを消し去るのだ。

玖島は真智の両肩を抱き寄せるように摑んだ。

「プロジェクト・ルカはお前にとって大きなものだ。本当にそれを喪《うしな》っていいのか？」

記憶からプロジェクト・ルカを消去するという選択肢は、真智が投身自殺をしようとした翌日に告げてきたものだった。

その方法ならば、確かにプロジェクト・ルカを守ることができる。

けれども、それはプロジェクトに捧《ささ》げてきた真智の厖大《ぼうだい》な時間と思考をも消去することを意味していた。

真智が蒼褪《あおざ》めた顔を、玖島の肩口へと伏せた。

その身体《からだ》が震えていることに玖島は気づく。

——いいわけがない。

真智は喪失の痛みを一身に受けているのだ。

「三浦《みうら》、やっぱり別の方法を」

玖島が言いかけたところで、真智が顔を上げた。

相変わらず蒼褪めているものの、強い決断の光を眸《ひとみ》に浮かべている。

そして彼は、ジャケットの内ポケットから封筒を取り出して差し出してきた。

「プロジェクト・ルカを消去できたら、これを俺に渡してください」

受け取りたくない気持ちを玖島は抑えこむ。

「俺が読むまで、先輩は読んだらいけませんよ。いいですね」

少し軽い口調で注意をして、真智が一歩下がり、ドアを開けた。

「さあ、行きましょう」

決断をしたら、その夜に決行する。あらかじめ、そうふたりで決めていた。


夜間とはいえ公安やSPがホテルの内外に張りこんでいる可能性が高いため、非常階段から地下駐車場まで下りる。この日のためにひそかに用意しておいた車に乗りこんだ。

スポーツカーにしたのは、逆に目くらましになるからだ。

真智は狭い後部座席で外から見えないように横になり、玖島は帽子を目深に被《かぶ》って眼鏡をかける。

そうしてホテルをあとにして無駄に遠回りをしたが、追尾してくる車はなかった。

ヒューマンサイド社の近くの路上に車を駐《と》めて、やはり裏口から侵入する。エレベーターには監視カメラがあるため、また非常階段を使った。

プロジェクト・ルカを稼働させるための実験室は、研究室のなかにある。真智が虹彩認証で研究室のドアを開ける。素早くそこに身を滑りこませたふたりは、思わず鋭く息を吸った。

暗い研究室のなか、奥まった場所にあるデスクの卓上ライトが点《とも》っていた。その明かりはデスクに片肘を置いた男の姿を照らしている。

「……岡本、さん――まだお仕事、を？」

真智が動揺を隠しきれずに、掠《かす》れ声で言う。

「君たちが来ると思って待っていたんだよ」

いつものように物腰やわらかな様子で手招きをする岡本を、玖島は注視する。

これまで真智の味方になってくれるような言動をしてきていたが、公安なり防衛省なりにすでに抱きこまれているのではないか。

いざとなったら守れるように左手で真智の肘を摑み、警戒しながら近づき、訊ねる。

「岡本さんのSPはどちらに？」

「松戸《まつど》くんなら待機室にいる」

「呼べばすぐに来るということですか？」

「それは無理じゃないかな。ぐっすり眠っているから」

そう言いながら、岡本が自身のマグカップに液体を垂らす仕種《しぐさ》をした。

「睡眠薬で眠らせたんですか？」

真智の問いかけに、岡本が肩を竦《すく》める。

「ちょっとした犯罪行為だけれど、見逃してほしい。三浦くんが夜中に実験を繰り返してるのに気づいてね。今夜も来るだろうと踏んで待ち伏せをしていた」

表情は相変わらず緩んだままだが、眼鏡の奥の眸には強い光が浮かんでいた。

「私は君たちの力になるつもりでいる」

「……岡本さん、でも」

「三浦くん。君は妬ましいほどの才能をもっている。これは研究者としての純粋な嫉妬だよ。それを捨てるなど、私にはとうていできないだろう」

真智の顔色が変わる。

「俺がなんの実験をしてたのか気づいてたんですか？」

「三浦くんだったらどう考えるだろうと、プロジェクト・ルカが軍事目的で狙われていると知ったときから考えつづけていた。そして、君ならば自分を犠牲にしても、記憶を改ざんすることを選ぶのではないかと考えた。……理論上では、プロジェクト・ルカをもちいれば、それは可能だ」

岡本はそこで言葉を区切って、苦笑した。

「ただ、それをおこなう具体的な方法は、私では構築不可能だ。それはプロジェクトをゼロから生み出した君には可能なのだろうね」

「……」

「君は以前からよくひとりだけ残って実験をしていたね。それはもしかすると、プロジェクト・ルカで記憶の神経再支配をおこなう実験だったたんじゃないのかな？」

「……そうです」

「隠しファイルにでもして、そのシステムを構築していたわけだ？」

項垂《うなだ》れるように真智が頷《うなず》く。

「おそらく野村《のむら》くんはその実験の痕跡を見つけて、わかる範囲の情報を中国に流したのだろうね。それで三浦くんが狙われることになった」

「そういうことだと、思います」

岡本が改まった様子で問う。

「――三浦くん、本当にプロジェクト・ルカを君のなかから消してしまうのか？」

真智が揺るぎない声で答える。

「消します。この先も、生きていくために」

岡本が深く息をついた。

「そうか……君にはそれができるのだね」

ひとり言のように呟《つぶや》いてから、岡本がデスクから折り畳まれた紙を取り出した。

「ここでの処置は勧めない。記憶の神経再支配が脳に定着するのにはそれなりの時間がかかるはずだ。もし今夜ここで処置すれば、君はしばらくはまともに動けないだろう。公安などにでも捕まれば脳は混乱状態になり、負荷に耐えられない可能性がある」

岡本はその紙を玖島へと差し出した。

「北海道《ほっかいどう》にいる私の先輩にあたる研究者で、信頼できる人物だ。彼も隣接した研究をしているから、そちらの設備で処置が可能だろう」

玖島が紙を受け取ると、岡本は深く頭を下げた。

「三浦くんのことを頼みます」

それから真智は研究所内のコンピュータからプロジェクト・ルカの隠しファイルを削除した。

「ここの廊下の監視カメラのほうは私が手を加えておく。君たちがここに来たことは、伏せたほうがいいだろう」

「ありがとうございます。岡本さん……これまで本当にお世話になりました」

研究室を去る際、真智と岡本は固い握手を交わした。

もし次にふたりが会うことがあったとしても、岡本とともにプロジェクト・ルカを作り上げた記憶を、真智は喪っているのだ。

……改めて、真智がなにを喪おうとしているかを、玖島は噛《か》み締めた。

ふたたび車に乗りこみ、高速道路を北上した。ＥＴＣは使わずに一般レーンを使い、足跡を辿《たど》るのに時間がかかるようにした。

東北自動車道にはいるところでスタッドレスタイヤにチェーンを装着する。国見《くにみ》ＳＡを過ぎるころからちらちらと雪が降りはじめた。

朝の七時の、北海道に渡るフェリーに乗ることができた。一時間半で函館《はこだて》に着く。そろそろ公安やＳＰの同僚が、玖島たちが消えたことに気づいているころだろうか。ここまで一睡もしていないが、神経が昂《たか》ぶっていて眠気はまったくなかった。

「北海道に戻るのは、十三年ぶりだ」

雪の感触をタイヤに感じながら呟くと、横で真智が「俺も十一年ぶりです」と言う。

岡本から紹介された青柳《あおやぎ》という研究者は道東に住んでおり、北海道を横断する道央自動車道へと進んだ。

玖島は父がドライブ好きだったため道東へも何度か家族旅行をしたことがあったが、真智は初めて来たと嬉《うれ》しそうな顔で外に目をやっていたが、しばらくするとその視線は玖島へとじっと向けられた。

久しぶりの本格的な雪のなかの運転であり、しかも雪と相性の悪いスポーツカーということもあって、何度もアイスバーンにハンドルを取られそうになった。

さらには途中で風が強まって完全に吹雪に視界を遮られ、路肩に車を寄せて、治まるのを待つことにした。

「こうしてると昔のことを思い出しますね」

「ああ……」

「先輩と、北海道のいろんなところに行きたかったな」

そう呟いてから、真智が言いなおす。

「これからいっぱい、いろんなところに行きましょう」

玖島は助手席をじっと見詰めた。

真智は俯《うつむ》き、嗚咽《おえつ》をこらえるかのように肩をきつく竦《すく》め、腕で自身の身体を抱き締めるようにしている。

プロジェクト・ルカという大きなものを喪う痛みに耐えているのかと思ったが、助手席からずっとこちらを見ていたことも相まって、いまや強い違和感が玖島のなかに生まれていた。

「三浦」

声をかけると、怯《おび》えるような目がこちらを見返す。

「俺になにを隠してる?」

「――――」

やはり、そうなのだ。

真智はなにか重大なことを隠している。

玖島は真智に覆い被さるように身を寄せた。

「頼むから、もうひとりでかかえこまないでくれ」

胸から言葉を絞り出すように嘆願すると、真智が身を震わせた。

見返してくる眸も小刻みに震えている。

何度か口を開きかけては唇を噛んで、ようやく消え入りそうな声を出した。

「プロジェクト・ルカを思いついたのは、大学一年のころだったんです」

「そんなに早かったのか」

てっきりヒューマンサイド社にはいってからのことだと思っていたため、驚愕《きょうがく》を覚える。

「それだと、プロジェクト・ルカを消去すれば、その頃の記憶にも影響が出るのか」

「……プロジェクト・ルカの記憶を少しでも残せば、また脳の神経再支配の方法を思いついてしまうかもしれません。だから、根っこから綺麗《きれい》に抜き取る必要があるんです」

ざわりとしたものが背筋を這《は》い上がるのを玖島は覚える。

「根っこから抜き去るっていうのは――」

「高校卒業後の記憶を、すべて消します」

一分ほども、玖島は沈黙していた。言われた言葉をまともに理解できなかったのだ。

そして理解するより先に激痛が身体中に拡《ひろ》がった。

「な…」

呼吸がまともにできない。

「そんな、ことが」

かじかんだようになっている手指で、真智の両肩に摑みかかる。

「そんなことをしたら、ここにいるお前はどうなるんだっ!?」

「いまの俺は……おそらく──消えます」

どれほどの恐怖を真智はここまでかかえてきたのか。

言葉にできないものを腕に籠めて、玖島は真智を抱きこむ。

「玖島、先輩」

真智がくぐもった声で言う。

「俺の先輩への気持ちは、あの頃もいまも変わりません──むしろ、会えなかった時間が短くなるぶんだけ、俺は嬉しがるはずです」

それは自分自身に一生懸命、言い聞かせている言葉のようでもあった。

確かに自分はこれからも真智といることができる。

けれども真智にとって、それはもう一緒にいられないということなのだ。

高校までの記憶しかない真智も確かに真智で、人格は真智であるはずだが、いまの真智にとっては過去の三浦真智でしかない。

……そして、やはり真智自身もそう感じているのだ。

縋《すが》りつくように抱き返してくる身体が嗚咽にわななく。

本当にこれが最良の選択なのか?

この気持ちごと添い遂げることもできるのではないのか？

思いが口から溢《あふ》れる。

「——いっそ、このまま一緒に、死」

玖島の顔の下半分を、真智の手が強く封じた。

間近で視線が深く繋《つな》がる。

真智の眸は怖いほど据わっていた。

「先輩と生きると、俺は決めたんです」

「——」

「俺をとことん巻きこんで、生きてください」

自分が前に口にした言葉に、頬を叩《たた》かれる。

心中したいなどというのは、自分の感情に真智を巻きこんで殺すことにすぎないのだ。

「……どんなかたちでも、俺はお前を生かす」

揺るがしてはならない想《おも》いを呟くと、真智が深く頷いた。

「俺も、どんなことをしてでも先輩を生かします」

そう囁《ささや》く真智の唇に、唇を重ねる。

互いの口のなかを舌が行き交い、次第に追い詰められる気持ちのままにもつれていく。

——いっそ、埋もれてしまえばいい。

車に積もった雪が溶けない氷濤《ひょうとう》となって、もう誰にも見つからずに、ずっとふたりでいられたらどんなにいいだろう。

息が切れて、わずかに唇が離れる。

間近で透ける色の眸が微笑《ほほえ》み、すうっと外へと向けられた。

「……弱まってる」

打ちつける雪も風もいつしか弱まっていた。

玖島は首を横に振って、もう一度、唇を奪いにいく。真智が甘く唇を吸ってくれる。

「いきましょう、先輩」

生きるためには、行かなくてはならない。

玖島はつらさに窒息しそうになったまま、ふたたび雪のなかへと車を進めた。


「本当にここなんですか?」

車を降りた真智が、その建物を見て首を傾《かし》げる。

「間違っていないはずだが…」

そう返しながら、玖島は小高い丘のうえにある巨大な丸屋根を被った建物を見る。表札を確かめると、「青柳」になっていた。

インターホンを鳴らそうとしたとき幅広の階段のうえにある玄関が開いて、小学生ぐらいの男の子がひょっこりと顔を出した。掠れた高い声で訊いてくる。

「三浦さんと玖島さん？」

少し驚きながら「ああ、そうだ」と答えると、少年が室内に向かって「じいちゃん、来たよぉ！」と声を張り上げた。

ほどなくして、大きな体躯《たいく》に研究衣を羽織った初老の男がぬうっと現れた。蓄えた白い顎鬚《あごひげ》を撫でながら、目尻に笑い皺《じわ》を刻む。

「よく来た。ガレージを開けるからそこに車を入れなさい」

岡本が話を通してくれていて、細かい説明をする必要もなく、青柳とその孫はふたりを受け入れてくれた。

「ここは天文台ですよね？」

建物に足を踏み入れた真智が、螺旋《らせん》階段のある広いエントランスホールを見回して尋ねる。

「知り合いが使わなくなったのを貰《もら》い受けたのだよ」

「いまでも星を見られるんだよっ。雪がやんだら見せてやるよ」

顔を輝かせながら自慢げに言う少年に、真智が「見せてもらうよ」と笑顔で返す。そのやり取りに、玖島はまた窒息しそうな苦しさを噛み締める。いまの真智でいるうちに、雪はやんでくれるのだろうか。

三人分の茶と菓子を用意すると、少年は祖父に言われて二階へと上がっていった。

住空間としてはがらんとした印象のリビングダイニングのソファセットに三人で座る。

「わしは岡本のことは信頼しとるから、お前さんたちに場所を提供する。こんなところだが、状態が安定するまでゆっくりしていくといい」

玖島は真智とともに頭を下げて礼を言う。

「このご恩はかならず」と玖島が言いかけると、青柳が手を振るって笑った。

「そういうのはいらないと言っとるんだよ」

茶を勧める仕種をされて、玖島は土の質感が残る湯呑《ゆのみ》を口に運んだ。その匂いと味に懐かしさがこみ上げてきた。

真智が横で顔をほころばせる。

「豆茶ですね。懐かしいな。昔はよく家で飲んでました」

「おや、北海道の出身かな?」

「はい。俺も玖島先輩も」

「そうかそうか」と青柳が破顔する。

それから小一時間ほど、たわいもないローカルな話題に三人で花を咲かせた。

この十三年間、真智以外の北海道のことは思い出したくないと頑《かたく》なに避けてきたのに、いまは自然と受け入れることができていた。

　――ここに来て、よかった。

　真智と一緒に故郷を懐かしむことができて、本当によかった。

「……実験設備のほうを見せていただいてもかまいませんか」

　そう真智が切りだしたとき、胃のあたりが氷に貫かれたように冷たくなった。

　青柳が止めてくれはしないかと期待したが。

「おお、そうだったな。つい話を楽しんでしまった」

「俺も楽しかったです」と返しながら立ち上がった真智の肩を、青柳が大きな手で叩《たた》く。

　彼らには研究者としてのブレない軸があって、そこですでに通じあっているように玖島には感じられた。

　ソファから腰を上げて、玖島は床が揺れているような感覚を覚える。まるで自分の身体の軸が抜けてしまったかのようだった。

　真智は三日かけてプロジェクト・ルカの設定と微調整をおこなった。

　その日の早朝、同じ部屋のソファでうつらうつらしていた玖島は、ラグに膝をついた真智にそっと揺り起こされた。

「おはようございます、先輩」

「……ああ」

「準備が終わりました」

懼《おそ》れつづけていた言葉を告げられて、頭の芯が凍りついたようになる。

「処置が終わったら、この操作をして、データを消去してください」

手渡された指示書を横のローテーブルに置くと、玖島は真智の両脇の下に手を突っこんで、自分のうえへと引きずり上げた。そのまま強張《こわば》る両腕で抱き締める。

「少し寝ろ。東京《とうきょう》を出てからほとんど寝てないだろう」

真智が座部に肘をついて、間近から見下ろしてくる。

「ここに来るまで、助手席で寝ました」

「嘘《うそ》をつけ。俺のことをずっと見てたくせに」

瞬きをして、真智が赤面する。そしてぽつりと言う。

「――覚えておきたかったんです」

覚えていられないものを覚えておきたかったというその気持ちを、玖島は思う。

みっともない顔になるのを感じながら、真智の後頭部を掌《てのひら》で包んで、自分の首筋に顔を埋めさせた。

「ひと眠りだけだ。一緒に眠ろう」

真智が身を震わせてから、首にきつく吸いついてきた。その吸う力が次第に弱まり、くったりとした温かな身体がすべての体重をかけてくる。

玖島も目を閉じた。

「処置がすんだかね」

実験室から出ると、通路に置かれたロビーチェアから青柳が腰を上げた。

「はい」と答えるのが精いっぱいだった。

青柳が大きな手を玖島の肩に置く。

「これから一週間は、君は彼に会わないほうがいい」

「どういうことですか?」

「記憶の再構成が定着するまでは刺激を与えないほうがいい。三浦さんにとって、君は強い刺激なんだろう?」

「……」

「これでも脳に関わることに生涯を捧《ささ》げてきた身だ。決して悪いようにはしない」

真智からも青柳の指示に従うように言い遺されていた。

「わかりました。よろしくお願いします」

青柳が実験室へとはいっていく。
玖島は通路の二重窓に顔を寄せた。
ずっと降りやまない雪が、すべての景色を白く塗り潰している。
再会してから今日まで積み重ねてきたふたりの日々も、白く塗り潰されていく。

6

明日になれば、真智《まさと》に会える。

その時が待ち遠しくて、同時にとても怖かった。十一年の記憶が消えた真智は、いまどんな気持ちでいるのだろう。……果たして、自分のことをもう一度受け入れてくれるだろうか。

眠れずにベッドで寝返りを打っていると、ふいにチャイムが鳴った。

もともと天文台で、住宅用建築とは違う造りと内装のせいもあってか、音が過剰に反響する。

時計を見ると、すでに二十三時を過ぎていた。

二度三度とチャイムが鳴らされる。

玖島《くしま》はベッドから降りると、ショルダーホルスターに銃が収まっていることを確かめて、ジャケットを羽織った。

拳銃を所持したままSPが姿を消したことは警視庁で隠蔽されているらしく、ニュースになってはいない。しかし政府や防衛省が関わるプロジェクトの重要人物とともに消えたこともあり、警察が血眼になって捜しているのは間違いなかった。

神経を研ぎ澄ませてホールへと向かう。途中、青柳《あおやぎ》の孫が目を擦《こす》りながら廊下に出てきたので、決して部屋から出ないようにと言い聞かせた。

エントランスホールに行くと、青柳が壁に埋めこまれたインターホンのパネルの前で険しい顔をしていた。低めた声で言ってくる。

「警察だそうだ」

玖島は映像を確かめて、鋭く息を呑《の》んだ。

自動点灯のライトに映し出された顔は見覚えのあるものだった。

「……さすがに鼻が利くな」

呟いて、青柳に告げた。

「青柳さんは奥にいてください」

「そういうわけにはいかん」

「俺の知り合い——元同僚です。なにかあれば呼びますから」

うむと唸《うな》って、青柳がいつでも加勢できるようにと、エントランスホール脇の部屋へとはいっていく。

玖島はホルスターから抜いた銃を背後に隠してドアを開けた。

エントランスは階段のうえにあるのだが、連日の積雪で三段ほどしか見えていない。その雪のうえに立つ男に声をかける。

「わざわざ追って来てくれたんですか」

崎田《さきた》が一重の目を切り傷みたいに細くしながら、ずんずんと近づいてくる。そして玖島の肩に肩をぶつけながらホールへとはいった。

「くそ寒ぃ」

「崎田さんは九州《きゅうしゅう》の出身でしたっけ」

「暗いわ雪だわハンドル取られまくるわで、遭難するとこだったじゃねぇか」

よほど命の危機を覚えたらしく、吐き捨てるように崎田が言う。その様子は新宿《しんじゅく》署時代に暴力団相手にやり合ったときのものに似ていた。

「そうならなくて残念です」

「言うじゃねぇか」

正面に立った崎田が睨み据えてくる。

「逃げてどうにかなるとでも思ったのか?」

玖島は微笑しながら返す。

「逃げて、どうにかなりました」

「ああ?　まさか三浦真智を逃がしたってことか?」

「……ある意味、逃がしました」

苛立《いらだ》った崎田が玖島の胸倉を摑んで揺さぶる。

「のらりくらり躱《かわ》してんじゃねぇ！　いいから三浦《みうら》真智をとっとと出せっ」

ホールに轟《とどろ》くように声が反響する。

その音に、足音が混ざった。

玖島は視線を巡らせ、螺旋階段を見上げた。

「あ……」

崎田も視線を跳ね上げて、苦笑いした。

「やっぱり、ここにいたじゃねぇか」

玖島は崎田を突き飛ばすと、螺旋階段をなかばほどまで駆け上がった。

「三浦っ」

真智が瞬きも忘れたように玖島を見る。その眸にはただ困惑する色ばかりがあったが、玖島の左目尻を凝視して、眉を大きく歪《ゆが》めた。

「せん、ぱい――？」

十一年ぶんの記憶が飛んでいることは青柳から説明されているはずだが、それがどういうことであるのか、いまこの瞬間まで真智は明確に思い描けずにいたのだろう。

そしてそれは玖島もまた同じだった。

衝撃が鈍痛となって身体中を駆け巡る。

――……ここにいるのは、十八歳の真智だ。

「そうだ。玖島敬《たかし》だ。おととい、三十二歳になった」

「三十二、歳……」

「俺が二十九歳で」

飲みこみにくいものを飲みこむように、真智が喘《あえ》ぐ。

ふいに下方から声があがった。

「三浦真智、もう逃げられねぇぞ！」

真智が階段下にいる崎田へと視線を向ける。しばし見詰めたのちに尋ねる。

「あの……誰、ですか？」

「っ、顔を合わせたことがあんだろうが。研究所の地下駐車場で」

「……研究所……地下駐車場？」

考えこんで真智が首をひねる。

「記憶喪失とか言うつもりじゃねぇだろうな」

うんざりしたように言う崎田に、真智の手を引いて階段をゆっくり下りながら玖島は返す。

「三浦のなかにはもう、プロジェクト・ルカは欠片《かけら》も残っていない」

「――そういう設定で押し通すつもりなのか？　いざとなれば薬でもなんでも使って吐かせられるんだぞ」

「どんな薬を使っても、完全に消えたものは、もう戻せない」

同じ床に立って崎田に言いながら、その言葉は玖島自身の胸にも突き刺さる。

――二十九歳の三浦真智はもう戻らない。

無意識のうちに摑んでいる手首をきつく握り締めてしまったらしく、真智がかすかに呻《うめ》き声を漏らした。

「すまない」と謝って手の力を緩めると、真智がこっくりと頷く。その様子は二十九歳の真智のものとは違っていた。立ち姿ひとつ、どこか頼りない。

崎田はしばらくのあいだ、そんな真智を糸のように細くした目で注視していたが。

「まさか…」

呻くように玖島に問うた。

「まさか本当に記憶がなくなったのか？」

「それを三浦は選んだ」

「そんな都合よく記憶をどうこうできるもんじゃ――」

そう息巻いて、崎田が眉根をぐっと寄せる。

「プロジェクト・ルカで、なにかしたのか？」

玖島はそれにには直接答えずに、真実だけを伝える。

「ここにいる三浦は高校を卒業したばかりです。大学にすらまだ行っていない」

「……、あーあーあーっ！　お前ら、なんてことしてくれたんだっ」

崎田が大声をあげてその場にしゃがみこむと、髪を両手でぐしゃぐしゃと掻《か》きまわした。

すると、真智がすうっと崎田の前に行き、床に膝をついた。

「俺がなにかして、困ってるんですか？」

「――」

崎田はしばし恨みがましい目で真智を睨みつけていたが、舌打ちをしたかと思うと、だらりと両腕を床に垂らした。そして真智から視線を逸《そ》らしながら投げやりに言う。

「まあ、どうせお前らを連れ帰ったところで、公安はせいぜい猟犬扱いで、蚊帳《かや》の外だったんだ。なら、むしろ政府にも防衛省にも、これでデカいツラされずにすむようになったってことか」

玖島が真智を立たせると、崎田も膝頭を両手で押すようにして立ち上がった。

「崎田さんは、俺たちをどうするつもりですか？」

そう尋ねる玖島の右手を、崎田が指さす。

「そんな物騒なもん手にしてたら、脅迫してるのも同じだぞ」

指摘されて、銃を握ったままなのを思い出す。

崎田がぞんざいに手を伸ばしてきた。

「それは俺が返しといてやる。お前らを捜索してる途中で見つけたとか、適当に言っといてやるよ」

玖島が無言で凝視していると、崎田が頬を歪めた。

「言っとくけど、お前らを助けてやるわけじゃねぇからな。俺はただ、うえから都合よく使われるのには虫唾《むしず》が走るだけだ」

そして、わずかに目尻を緩めた。

「消耗品の歯車やめたお前にならちっとはわかるだろ」

その言葉に玖島も思わず口許《くちもと》をほころばせた。

拳銃を差し出すと、それを崎田が受け取る。

「まあ俺は優秀だからこの速さで辿り着いたが、ほかの奴《やっ》らが嗅ぎつけるまではしばらくかかるだろ。それまでに身の振り方を考えとけよ」

そう言うと、崎田は踵《きびす》を返した。

玖島はその背中に呼びかける。

「崎田さん」

崎田は立ち止まらない。この場面で礼を言われて喜ぶような男でないことは、元同僚としてよくわかっている。だから、言った。

「運転、気をつけてください」

すると崎田がわずかに肩を震わせて、こちらを振り返らずにうざったそうに手を振るった。

様子を見に来た青柳とその孫に、もう大丈夫だから眠ってくれるようにと告げて、玖島はエントランスホールの螺旋階段の下から三段目に真智を座らせた。

改めて尋ねる。

「その……調子は、どうだ？」

真智が怯えたようにこちらを見上げ、答える。

「変な感じです。目が覚めたら年を取ってて、ここにいて——どうしてこんなことになったのかも、よくわからないままで」

さきほどの玖島と崎田の会話を思い出したらしく、疑問を口にする。

「俺は、自分で記憶を消したんですか？　そのプロジェクトなんとかっていうのを消すために？　俺は玖島先輩……と、いたんですか？　あんな別れ方をしたのに？」

混乱が痛いほど伝わってきて、玖島は階段の一段目に膝をついた。

見上げて、静かに話しかける。

「俺とお前は再会して、仲直りをして、一緒にここに来た」

「そっか。仲直り、できたんですね」

真智が泣きそうな顔をする。

「そしてお前は、お前の意思で十一年ぶんの記憶を消した」

玖島はジャケットの内ポケットへと手を入れると、一通の白い封筒を取り出した。それを真智に差し出す。

「二十九歳のお前から預かった」

驚きに目を見開いて、真智が両手で封筒を受け取る。

そして震える手で封筒の端を千切り、折り畳まれた二枚の便箋を開いた。

どんな内容が書かれているのか玖島は知らなかったが、アッシュグレーの眸が文字を追うごとに涙に強く光りだす。

読み終えたとき、涙袋を雫《しずく》が転がり落ちた。

そのさまに胸を衝《つ》かれて、玖島は身体を伸ばすと思わず真智の頭を抱き寄せた。わずかに躊《ため》躇《ら》ったのち、真智が肩口に顔を埋《うず》める。

嗚咽をこらえようとしてしゃっくりを上げる様子が、高校生のころの真智にそのまま重なる。

そのせいか、自分も高校三年のころに感覚を引き戻されていた。

もう片方の手も真智の背中に回して、きつく抱く。

雪の日の別れが、ついいましがたのことのように思い出される。

——俺たちは、あそこからやり直すんだ。

真智はその機会を与えてくれたのだ。

「先輩…」

長いことかけて嗚咽を鎮めてから、真智が手紙の二枚目を玖島に渡してきた。

玖島先輩

先輩がこれを読んでいるということは、俺はもう十八歳に戻っているんですね。

俺の都合で、先輩に重荷を背負わせて、つらい思いをさせて、申し訳ありません。

でも、こうするしかありませんでした。

俺は先輩と別れてからずっと苦しくて、どうやったら先輩のことを忘れられるのかを考えつづけていました。大学に入学してからもそうでした。そんな時、ある論文を読んでいてプロジェクト・ルカの元となる着想を得たのです。

プロジェクト・ルカを俺に授けてくれたのは、先輩だったんです。

結果的に多くの人の援《たす》けになることができて、それによって俺の心も救われました。

それでも、先輩のことを記憶から消すための研究をひそかに続けることはやめられませんでした。その部分の俺の気持ちは、救われないままだったからです。

再会できたときは現実感がなくて、どうしたらいいのかわかりませんでした。それに俺は先輩に憎まれても仕方ないことをした人間ですから、怖さもありました。罰してもらって楽になりたいとも思いました。

俺はずるいですよね。

先輩が向き合ってくれて、今度こそ繋がりあえて、本当に嬉しかった。だから、その嬉しさと一緒にプロジェクト・ルカをもっていきます。

十八歳の俺はまだ、先輩を逃がしたことを後悔しては泣いていました。

先輩と一緒に行きたかったと、そんなことばかり考えていました。

情けなくて手がかかると思います。

それでも、どうか、一緒にいてやってください。

大好きです、先輩。

三浦真智

「――――」

嗚咽を殺すことができない。

深く俯いて、震える胸に儚《はかな》い感触の一枚の紙を押し当てていると、ぎこちない仕種で頭を撫でられた。

十八歳の真智が懸命に慰めようとしてくれているのが伝わってくる。

玖島はその手に指をきつく絡ませた。

そして誓うように告げる。

「一緒に生きよう」

エピローグ

十八歳の三浦真智《みうらまさと》

俺は十一年後の君だ。

でも君は新たに時間を重ねていくから、十一年後に俺にはならない。

だから俺と君は同じ三浦真智でも、この先は違う存在だ。


外見が急に二十九歳になっていて、すごく驚いて、戸惑っていると思う。

でもそれは、玖島《くしま》先輩と一緒に生きるために俺が選んだことだ。君と先輩は酷い別れ方をしたけれど、かならずわかり合える。

目の前にいる玖島先輩のことを信じて、そして決して、二度と離れてはいけないよ。

俺は先輩と離れてしまったことで、大きなものを生み出して、喪うことになった。もし君が先輩と離れるようなことがあれば、また同じ道を辿ってしまうかもしれない。

俺が生み出してしまったもののせいで、君にも厄介ごとが降りかかるかもしれない。その時はきっと先輩が守ってくれる。

俺のことも、玖島先輩は守ってくれたから。


先輩といられる君のことが羨ましいな。

幸せになってくれ。

三浦真智

一枚の便箋を折り畳んで、封筒に入れる。

四ヶ月前までは自分だった二十九歳の三浦真智からの手紙を、何度読み返したことだろう。

もう一言一句すべて頭に刻みこまれているけれども、読まずにはいられない。彼の書く字は、やわらかみがあってバランスがいい。

十一年間をしっかり過ごした人なのだろう。

——俺は……十一年後にどうなってるのかな?

彼のようになれる気がしない。

真智は机のうえにある掌サイズの手帳を開く。青柳《あおやぎ》に言われて、目覚めた日からそれに日記を書いているのだ。

それに記されている自分の字は、ハネやノバシが雑ないつもの筆跡とは少し違っていて、手紙のものに近い。そのことを青柳に話したことがあったが、記憶喪失の場合でも個人的な記憶は忘れても、身体が覚えている記憶まで消えないことはよくあるのだと教えてくれた。

——俺はやっぱり、「彼」なんだ。

卓上ミラーを覗きこむ。

日に何十度も見るようにしているせいか、いまはもう三十歳の自分への違和感はだいぶ薄らいでいた。

「この俺と、両想いだったんだよな」

鏡面に触れながら呟いてから、自分自身に嫉妬していることに気づいてミラーを伏せる。

手紙に書かれていたように、玖島は自分のことを守ってくれた。

目覚めてから半月ほどしてから、真智は玖島とともに東京に行った。高校を出てからはずっと東京暮らしをしていたそうだけれども、自分のなかでは受験絡みで数回上京した記憶しかなく、圧倒された。

すぐにマンションを借りて、ふたりで住みはじめた。前に自分が住んでいたというマンションに荷物を取りに行き、退去手続きをしたのだが、物の少ない殺風景な部屋だった。

玖島は警察官になっていて、退職届をもって警視庁に話をつけに行った。

三浦真智を連れて逃走したことで、玖島は非常に立場が悪いようだった。真智も事情聴取をされることになったのだが、その際、玖島がヒューマンサイド社に勤める岡本《おかもと》という人を同伴することを条件にしてくれた。

三浦真智の上司だったのだというその人は、真智が困らないようにフォローをして、庇《かば》ってくれた。

ヒューマンサイド社の奨学金を受けて大学受験をしていたから、自分がそこに就職していい上司に恵まれたことが、嬉しかった。

連日、頭に電極を繋がれたり、自白剤らしきものを注射されたり、心療内科に行かされたりしたが、真智の記憶が本当に欠落しているらしいと知ると、「三浦真智」の知識に執着していた警察や防衛省、政府関係者は、露骨すぎるほどに真智への関心を失った。今後も心療内科には定期的に通わなければならないものの、とりあえずは解放されたようだ。

玖島も上層部との交渉を重ねたうえで、警察を辞めることができた。

だから、自分たちはこれから新たな一歩を踏み出していくのだ。

そう思うのだけれども、自分のなかの「これから大学生活だ」という認識のズレはなかなか修正できなくて、未来にぽっかりと穴が空いたような強い不安感に、頻繁に襲われる。

玖島はこれからのことはゆっくり考えればいいと言うけれども、そこに心を落ち着けることもできない。

いまもまた不安感が押し寄せて来て、真智は部屋を出てリビングに行った。窓から夕陽《ゆうひ》が射《さ》しこみ、暖かで少し寂しい色合いに部屋を染めている。

窓に向けて置かれたソファに腰掛ける。四月にしては空気がキンと冷たくて、心許なさに膝をかかえた。膝がしらに額をつける。

こうしていると、なにかを思い出せそうな気がする。

頭のなかにもやもやとしたものがあって、かたちになりそうで、ならない。それはもしかすると三浦真智の欠片なのではないのか……。

そんなことを考えているうちに、玄関の鍵が開けられる音がした。

真智は慌てて立ち上がり、玄関への廊下に向かう。

「おかえりなさい、敬《たかし》さん」

「ただいま、真智」

互いへの呼び方を以前と変えたのは、ふたりで決めたことだった。

真智にとっては急に年が離れたように感じられる玖島を「先輩」と呼ぶのは違和感があって、おそらく玖島のほうも中身が十八歳になってしまった真智を完全に前と同じように扱うのは難しかったのだと思う。

それに下の名前で呼びあえるのは、照れくさいけれども、素直に嬉しい。

「どうでしたか、仕事のほう」

「ああ、決まった」

「本当ですか！　よかったです」

玖島は今日、急募をかけていた建築デザイン事務所に営業職として面接を受けに行ったのだ。父親が一級建築士だったこともあり、昔からそちらの業界に興味があったのだという。

「建築関係はやっかいな人種もいるから、元警察官という肩書が好印象だったらしい」

そう言いながら廊下に上がった玖島が、機嫌のよさを隠しきれずに真智の肩を抱いてきた。

それだけで、真智の心臓は大きく跳ねる。横目で玖島をそっと見る。

二年前——真智の感覚では二年前、別れたとき、玖島は十八歳だった。そしてここにいる玖島は三十二歳だ。

鮮やかに整った顔立ちには厳しさと、ほのかな愁《うれ》いがある。昔より筋肉の厚みが増した肉体は完成された男のものだ。こうして見返してくるまなざしのひとつにも、背筋が粟立《あわだ》つような色気がある。

いたたまれない心地で目を伏せると、玖島が俯くようにして顔を寄せてきた。

「……」

しかし唇が触れあうことはなかった。

玖島が真智の肩を優しく撫でて、腕を外す。リビングへとはいっていくその広い背中を見ながら、真智は心臓を拳で押さえつける。心臓だけでなく、身体中がドクドクしている。

まだ、一度も玖島とキスをしていない。

三浦真智とはきっと何度もしたのだろうけれど、自分にはしてくれない。

一緒に食材の買い出しにスーパーに行き、帰宅してから並んで料理をした。今晩のメインはザンギだった。しっかりと生姜《しょうが》の効いた下味をつけた鳥肉に、卵を混ぜた片栗粉を絡ませてこんがりと揚げる。揚げながら、ひとつずつ摘まみ食いをした。

鶏《とり》のから揚げと似ているけれども、やはり違う懐かしい味だ。

「ビールが欲しくなるな」と玖島が言うから、真智は冷蔵庫から缶ビールを出して渡した。玖島が美味そうに呷《あお》ってから缶を差し出して「飲むか？」と訊いてきた。

思わず飲み口を見詰めてから首を横に振ると、玖島が「そうか、未成年か」と呟く。

実年齢三十歳の十八歳を、玖島はどう扱っていいのか思いあぐねているに違いなかった。

食事を終えて、玖島に先に風呂にはいってもらってから自分も湯を使ってリビングに戻ると、ひどく冷たい風が吹いてきた。見ればカーテンが波打っている。

そのカーテンの端をめくると、ベランダに玖島がいた。

真智もベランダに出て、仰向《あおむ》く。

「そういう寒さだと思った」

口元に白い靄《もや》が生まれる。

「……懐かしいな」

玖島が季節外れの雪を眺めながら、やはり白い靄を吐く。

自分の懐かしさと、玖島の懐かしさに厚みの違いを感じながらも、真智は玖島に身を寄せた。

そして、もうずっと胸に溜《た》まっていた言葉を口にした。

「俺じゃ、ダメですか？」

玖島が間近からこちらを見るのがわかったけれども、視線を返すことができない。

寒さのせいばかりではなく、かじかむ手でフェンスを握り締める。

「敬さんにとっては、あの三浦真智が本当に大切な人なのはわかってます。俺は……彼じゃない。それでも、外見は彼のままのはずです。それなら」

フェンスを握る手に玖島が手を被せてきた。温かさがじんわりとそこから拡《ひろ》がる。

「俺は、昔の真智のことも、再会した真智のことも、……いや、離れていたときもずっと、想いつづけてた」

本当は別荘での別れのときも玖島は一緒にいたかったのだという話は聞かされていた。

「だから俺は十八歳のお前のことも、愛してる」

「……」

ようやく玖島へと視線を上げることができた。

目が合って、そのまま玖島の顔が近づいてくる。唇をほのかな温かさで潰される。とたんに心臓が跳ねて、身体中に熱が散り拡がった。

初めてするキスのはずなのに、知っている感触のような気がした。

互いの唇から漏れる白い靄が混ざる。

「お前には、二十歳の俺のほうがいいんだろうと思ってた」

玖島が意外なことを口にする。

「それは……確かに先輩はいまどうしてるんだろうって、いつも考えてましたけど。でも俺は――いまここにいる敬さんが、好きです」

そう言ってから、胸に納得が拡がった。

自分がいまの玖島に恋をしているように、玖島もいまの自分を受け入れて、想ってくれている。

――俺たちは、出逢いなおしたんだ。

気持ちが痛いほど張り詰めて、今度は自分のほうから玖島の唇に唇を押しつけた。押しつけるだけでは足りなくて擦りつけると、玖島が身体をピクンとさせて、舌で唇の狭間を強くなぞってきた。

真智がわずかに狭間を開くと、そこに熱いものがぬるりとはいってくる。

「ん…」

まるで、玖島の舌を食べさせられているみたいだ。

　耐えがたいほどのこそばゆさに足腰が震える。すると腰の後ろをフェンスに当てるかたちに誘導された。項《うなじ》と背中を支えられながら、口のなかを舐《な》めまわされる。

　気がつくと腿《もも》のあいだに玖島の脚が深く差しこまれていた。腫れている性器を潰されるのが恥ずかしくて、玖島の腹部を手で押す。

　口からずるりと舌が抜けた。

　乱れきった呼吸で訊かれる。

「嫌か？」

　言葉を口にする余裕はなくて、首を横に振る。

　またすぐに玖島の舌を口に突き入れられた。


「うぅ…ん」

　声を殺そうとするのに、どうしても喉から音が漏れてしまう。仰向けで腰の下に枕を入れられて、開かされた脚のあいだに玖島の指を三本も含まされている。しかも勃《た》ってしまっているペニスを舌も露わに舐められながら。

　自分も玖島もなにひとつ肌を隠すものがない。

　——やらしすぎる……。

唇が腫れるほどキスをされて、身体中を口や手で執拗《しつよう》なまでに愛撫《あいぶ》されて、玖島がこの肉体のことを細部まで知り尽くしていることがよくわかった。

自分でも知らない快楽をあちこちから引きずり出されて、真智はほとんど半泣き状態で追い詰められつづけた。

玖島は優しいけれども、それも含めて容赦がなかった。

その黒々とした双眸《そうぼう》は慮《おもんばか》る色を浮かべながらも、どこまでも真智を暴いていく。まるで心の内側の襞《ひだ》までも押し拓かれて凝視されているかのようで。

「ああ、っ」

体内の弱いところを小刻みに指先で叩かれて、真智は玖島の手首を両手で摑んだ。

「真智、大丈夫だ」

大丈夫ではないのに、低い声でそう囁きながら粘膜のなかの凝《こご》りを嬲《なぶ》りだす。

「嫌だ、ぁ」

身体がガタガタと震えだす。

それだけで限界を超えているのに、玖島にペニスを咥《くわ》えられた。ぬぬ…っと付け根まで含まれる。

「あ――ぁ」

頭の奥が切れかけの電球みたいにチカチカしてから、白く焼け爛《ただ》れた。

一瞬意識が飛びかけて、気がついたときには玖島の口に射精してしまっていた。ベッドのヘッドボードに置かれているボックスから慌ただしくティッシュを三枚引き抜いて、上体を跳ね起こす。

「これに出して……」

玖島が軽く仰向いて、喉仏を蠢《うごめ》かす。自分のものを嚥下《えんか》されるのを見せつけられて、真智は酷いショックを受けた。

「飲むとか――信じられない」

呆然《ほうぜん》としながら呟くと、玖島が真智の口に親指を入れてきた。舌を捏《こ》ねられる。

「そのうち、真智にも俺のを飲んでほしい」

耳を疑うことを言われて、想像してみたら、果てたばかりの茎からとろりと残滓《ざんし》が漏れた。たぶん自分は、玖島に望まれたらどんなことでも応えて、それに悦《よろこ》びを覚えてしまうのだろう。

まだ体内にはいったままだった指を、ねっとりと動かされる。

「は…ぁ…」

頭がくらくらするような快楽に息が乱れる。後ろ手をついて、腿を開いてしまう。腹の奥の粘膜が甘く引き攣れる。

腹部に手を置いて、困惑しながら訴える。

「届いてないとこが、ヒクヒクしてる」

玖島がぶるりと身震いをして、指を引き抜いた。指に被せられていたジェルつきの避妊具だけ体内に残ってしまう。

玖島に左手を取られて、脚のあいだに連れて行かれた。

「抜いてみろ」

「え…」

わずかに出ているゴムの縁が指先に当たる。なにか無性に恥ずかしいことをさせられている気がしながらも、それを摘まんで引っ張る。

「ん、ぁ…」

窄《すぼ》まりに力が籠もってしまって抜けない。

「うう」

困窮していると、玖島がそこに手を伸ばしてきた。襞をくにくにと揉《も》まれて、真智の身体はビクビクと跳ねる。

「ほら、拓いてやる」

孔《あな》の横に指先を置かれて、ぐっと押し拓かれた。

「や——ぁ」

引っ張るとぬるりと避妊具が抜けた。その感触にまた身体が大きく跳ねて、倒れこむ。玖島に背を向けるかたちで横向きになり、身体を丸める。そして横目で玖島を睨む。

「いやらしいです」

その抗議がつたなかったのか、玖島が笑いに身を震わせながら、新たな避妊具のパッケージを破いた。それをペニスに装着するところをもろに見てしまう。

——……大きい。

十八歳の玖島の全裸は何度も見たことがあったが、性器が反り返ったところを見るのは初めてだった。

正視していられなくて、目を逸らす。

あれほどのものが自分のなかにはいりきるとは、とうてい思えなかった。ものすごく痛いに違いない。

緊張に身をガチガチに固めていると、真智の身体を背後から包みこむかたちで玖島が身を横たえた。右脚だけ高々ともち上げられて、脚の狭間を剝《む》き出しにされる。その狭間へと硬いものを擦りつけられた。尾骶骨《びていこつ》から双嚢《そうのう》まで、ジェルでぬるぬるにされていく。

そうしながら、右耳に玖島が舌を挿《い》れてきた。くちゅくちゅと舐められる音がじかに鼓膜に響いて、全身の肌が粟立つ。

「もっといやらしいことをしよう」

わずかに掠《かす》れた声で囁かれて、肩が竦む。

後孔にしきりに亀頭を擦りつけられる。そこが次第に痺《しび》れたようになってパクパクしはじめる。

「あ――」

異物がめりこんでくる感触に、真智は眉根をきつく寄せる。

ゆっくりと、けれども確実に深く、男の性器を捻《ね》じこまれていく。

「ぁあ、ふ」

口から甘みのある音が漏れて、驚く。

そうして自分の腹部を見下ろした。もう臍《へそ》のあたりまで玖島のものがはいりこんでしまっている。

それなのに、思ったような激痛はない。それどころか……。

「そ、こ」

深い場所を亀頭のかたちに拓かれた瞬間、そこから沸騰するような熱が生まれた。

自分のペニスがくねりながら透明な蜜を大量に漏らすのを見る。肩を摑まれて腰からうえを捻じらされる。玖島が舌で粒になっている乳首をねぶる。

すると内壁が波打って、玖島のペニスを扱《しご》きはじめる。

――……俺の、身体……知ってる。

玖島にこんなふうにされることに、この身体は馴染《なじ》んでいる。動揺しているうちに、玖島が揺すり上げるように腰を遣いだす。

「は……ぁ……ああ……、っ、ぁ」

パチュパチュと濡れた音とともに突き上げられて、内壁を擦られ、初めてのはずなのに蕩《とろ》けるように気持ちいい。

乳首を甘噛みされると、上擦った声が口から溢れて背中が反った。きゅうっと締まった内壁を無理やり犯される。

「やっ、あ、ぁ、あぁぁぁ」

わけがわからなくなるような感覚に押し流された。

「は――ふ」

性器を引き抜かれる感触に、身をわななかせる。

絶対に射精したと思ったのに、見れば、自分のものは腫れたまま先走りしか漏らしていなかった。

また腰の下に枕をいれるかたちで仰向けにされる。

玖島が両脇に手をついて圧《の》しかかってくる。

真智はごく自然に脚を開く。そしてねだる声音で囁いた。

「傷口――塞いで、ください」

どうしてそんな言い方をしたのかわからないけれども、口にしただけで、甘く満たされるよ

うな感覚が押し寄せてきた。

玖島が大きく眸を揺らして、真智を凝視する。

それからわななく唇を幾度も噛み締め、押し殺したような声で囁き返してくれた。

「いま、塞いでやる」

そして避妊具を外したかと思うと、じかに繋がってきた。

欲しかったものをそのまま与えられる満ち足りた感覚は痛みにも酷似していて、真智は激しい身震いを繰り返す。

根元まで繋げられると、粘膜がペニスにしゃぶりつき、真智の腰は自然と淫らに動きだす。

玖島が濡れそぼった目を眇めて、嗚咽を漏らすように低く喘ぐ。

「く…ぁ」

そんな玖島が、愛《いと》おしくてたまらない。

呼びかける。

「せんぱい——玖島、先輩」

玖島が動きを止めた。

「大好きです、先輩」

三浦真智が玖島に最後に書き残した言葉を、口にしていた。

それが自分の言葉なのかそうでないのか、もうわからなかった。わからなくていいと思う。

玖島がひどく甘くてつらそうな顔をして、呼び返してくれる。

「三浦……」

もしかすると、いま自分は、自分であると同時に三浦真智なのかもしれない。

とても自然に、深い想いが滾々《こんこん》と湧き上がってきて、止まらない。

正面から向き合って人を愛するのがどういうことなのかを、人から見守られて愛されるのがどういうことなのかを、自分は確かに知っている。

そして、その相手は玖島敬なのだ。

それが実感できたせいなのだろうか。未来にぽっかりと空いているように感じられていた穴が、みるみるうちに埋まっていく。

「――明日も明後日も、このまま進んでいけるんですよね」

「ああ、ずっと進んでいける」

真智は両腕で玖島に抱きつく。

それこそが自分にとっての揺らぐことのない幸せなのだ。

そして、もうひとつ。

「俺が先輩をかならず幸せにします」

口にしたとたん、自分の身体に凛《りん》とした軸が通るのを真智は感じた。

初めて剣道大会で玖島敬を見たときに感じたものと似ていて、それよりももっと強くてしなやかな軸だ。

満たされた笑みを浮かべた玖島が、真智の頬に熟《う》んだ唇を押しつけながら誓ってくれる。

「俺もお前をかならず幸せにする。……今度こそ」

あとがき

こんにちは。沙野風結子《さのふゆこ》です。

この話は、小説キャラに載せていただいた「疵物の戀《きずものこい》」にかなり加筆（主に高校生パート）した前編と、書き下ろしの後編「疵物の愛」という構成になっています。

前編は受視点、後編はほぼ攻視点となっていて、ふたりの気持ちの照らし合わせが楽しかったのですが、（玖島《くしま》、あれこれ気の毒だな…）と思いながら書いてました。

設定は脳だスパイだと盛ってますが、結局のところはただひたすら恋愛話でした。

今度こそ、ちゃんとふたり揃《そろ》って幸せになることでしょう。

雑誌掲載分＋書き下ろしというのはほとんどしてこなかったので、新鮮な気持ちで取り組めました。

ただこの形式は定番の裏テーマを盛りにくかったです。お気に入りは、ねちねち身体検査プレイです。あと、裸でワンプレイ。

イラストをつけてくださったみずかねりょう先生、雑誌掲載時に続き、素敵な受と攻を描いてくださって、ありがとうございます。書き下ろし分のイラストを拝見するのも楽しみです。

担当様、今回もたいへんお世話になりました。

そして、本作を手に取ってくださった方々にたくさんの感謝を。

後編はけっこう冒険的展開になっていますが、ついてきて頂けていたらありがたいです。そうでなくても、どこかしら楽しんで頂ける要素がありますように！

それでは、心配事のない、つつがない日々が訪れてくれることを祈りつつ。

＋沙野風結子@Sano_Fuu＋

風結び＋http://blog.livedoor.jp/sanofuyu/＋

この本を読んでのご意見、ご感想を編集部までお寄せください。

《あて先》〒141-8202 東京都品川区上大崎3-1-1 徳間書店 キャラ編集部気付
「疵物の戀」係

【読者アンケートフォーム】

QRコードより作品の感想・アンケートをお送り頂けます。

Chara公式サイト http://www.chara-info.net/

■初出一覧
疵物の戀……小説Chara vol.35（2017年1月号増刊）
疵物の愛……書き下ろし

Chara

疵物の戀

……【キャラ文庫】

2020年7月31日　初刷

著者　沙野風結子
発行者　松下俊也
発行所　株式会社徳間書店
〒141-8202　東京都品川区上大崎3-1-1
電話　049-293-5521（販売部）
　　　03-5403-4348（編集部）
振替　00140-0-44392

印刷・製本
カバー・口絵　株式会社廣済堂
デザイン　百足屋ユウコ+モンマ蚕（ムシカゴグラフィクス）

ISBN978-4-19-901000-2